起死の矢

大江戸定年組

JN092265

風野真知雄

角川文庫
23014

目次

主な登場人物

◆初秋亭

藤村慎三郎《ふじむらしんざぶろう》　北町奉行所の元同心

夏木権之助忠継《なつきごんのすけただつぐ》　三千五百石の旗本の隠居

七福仁左衛門《しちふくじんざえもん》　老舗の小間物屋〈七福堂〉の隠居

加代《かよ》　藤村の妻

志乃《しの》　夏木の妻

おさと　仁左衛門の妻

安治《やすじ》　飲み屋〈海の牙〉のあるじ

藤村康四郎《ふじむらこうしろう》　藤村慎三郎の嫡男。見習い同心

鮫蔵《さめぞう》　深川の岡っ引き

入江《いりえ》かな女《じょ》　初秋亭の三人が師事する俳諧の師匠

寿庵《じゅあん》　腕の良い蘭方医

第一話　猿轡《さるぐつわ》の闇

一

浜町堀の近くにある夏木《なつき》権之助《ごんのすけ》の屋敷の前まで来ると、門の上の屋根に鴉《からす》が一羽とまっていた。冬の鴉のみすぼらしさとはちがい、猛々《たけだけ》しさを感じさせる大きな鴉である。

——ちっ。

と、藤村慎三郎《ふじむらしんざぶろう》は胸の内でつぶやいた。病人の見舞いに来たというのに、まったく縁起でもない。いっしょに来た七福仁左衛門《しちふくじんざえもん》を見ると、やはり鴉に気づいたらしく、嫌な顔をしている。

二人にとって、かけがえのない友人である夏木権之助が、六日ほど前に突然、倒れた。八月十五日(旧暦)、いわゆる十五夜の日である。それから夏木は昏々と眠りつづけているのだ。医者の診立《みた》ても、藤村たちがすぐに思ったとおり、中風《ちゅうぶ》の発作だった。

「ご免くだされ」

門のわきにある格子窓の中に、藤村は声をかけた。

いまは家督を長男にゆずったが、夏木の家は三千五百石の旗本である。八丁堀の同心だった藤村のような下級武士からしたら、見上げるような大身《たいしん》の家柄である。いくら老舗《しにせ》のあるじとはいえ、町人の七福仁左衛門にしても、同じ思いだろう。

当然、屋敷も立派で、門もたいそうな構えの長屋門である。つまり、重厚な屋根を持ち、鉄鋲が打たれたいかにも頑丈な造りの門の両側は、塀ではなく長屋になっている。ここは大勢いる家来たちの住まいも兼ねているのだ。同心なんぞは、奉行所から中間《ちゅうげん》を一人あてがわれるくらいである。自分で給金を出して家来を雇うなどということはない。

しかも、旗本の家来たちは、あるじを「お殿さま」と呼ぶのだ。そんな夏木の身分のことを思うと、よくぞ気軽に自分たちを友だち扱いしてくれたものだと、藤村は感謝の気持ちすら湧いてくるほどだった。

「あ、お見舞いですね」

門番は、藤村と仁左衛門の顔を覚えていて、すぐに横の小門を開けてくれた。正門のほうは、主人の出入りや身分の高い客の出入り以外は、いつも閉まっている。門を入ると、正面が式台のある玄関だが、夏木はすでに、裏手にある隠居家のほうで生活をしていた。

その裏手のほうに、門番に連れられて歩いていく。

いい天気で、屋敷の木々が爽やかな風に揺れている。向こうの縁側から、夏木の機嫌のいい声が聞こえてこないのが不思議なくらいである。何度も来たことがある夏木の屋敷が、今日はやけにひっそり閑《かん》としているように思えて、嫌な予感がこみあげてきそうになるのを、藤村はふたをするように押さえ込む。少し動悸もした。

三千から四千石の旗本の屋敷は、だいたい千五百坪ほどあるのが相場である。夏木のところもそれくらいの広さだろう。

裏につづくあたりは、野菜畑になっていて、秋茄子《なす》が大きく育っていた。

隠居家の前は、小さいがさすがにきれいな庭に仕立てられている。石組の下に一坪ほどの池があり、緋鯉《ひごい》が一匹、ゆっくり回遊しているのが見えた。その庭のなかほどから、門番が座敷のほうに声をかけた。

「藤村さまと七福さまがお見えです」

「どうぞ、お上がりください」

奥方の志乃《しの》が、座敷から直接、声をかけてきた。

縁側の廊下から上がって、夏木が寝ている布団のそばににじり寄った。布団の胸のあたりが、ゆっくり上下しているのがわかって、藤村はようやくほっとした。

「いかがですか？」

と、藤村が訊いた。

「はい。まだ目覚めませぬ」

夏木の枕元に座っていた志乃が、疲れをにじませた声で答えた。倒れて以来、付きっきりで看病しているのだ。

夏木はしばらく前に失恋もしたらしいが、女にはもてた。押し出しのいい男っぷりだし、鷹揚《おうよう》な人柄も自然とにじみ出て、もてるのも無理はないと藤村も思う。ただ、そういう男は、意外に家では妻から軽んじられたり、うとまれたりしがちだが、夏木の奥方はそんなことはないらしい。旗本の奥方にしては、開けっぴろげで気さくな人柄だったが、いまは必死の看病ぶりがいじらしく見えるほどだった。

奥方の反対側に、医者の寿庵《じゅあん》がいた。深川の伊沢町の裏長屋に住む医者だが、蘭方を学び、診立てのよさも評判である。

夏木の奥方は、当初、日本橋周辺にいる高名な医者を呼んで来るつもりだったらしいが、何度かのやりとりですぐに寿庵の腕を信頼した。

寿庵は真綿に水をふくませたものを、夏木の唇にあてていた。よく見ると、夏木は意識もないまま、かすかにちゅうちゅうと吸っているらしい。

「砂糖を溶かしてあるので甘いのさ」

と、寿庵が藤村たちに言った。

「ほう」

「当人は酒のほうが喜ぶかもしらんがな」

寿庵は明るい口調で言った。医者というのは、こうした事態に慣れているせいなのか、やたらと深刻にはならないらしかった。

「これを……」

藤村は手にしてきた風呂敷包みを解いた。

「あら、廻り燈籠《どうろう》」

と、志乃が言った。

「ええ。ちと季節はずれですが、知り合いから、これを近くに置いていたら、中風で意識をなくしていた人の意識がもどったという話を聞きましたので」

「そうですか」

「いいということは、なんでも、やってみたほうがよいかと思いまして」

ろうそくの火をつけると、どういう加減なのか、くるくる廻りだす。子どものころから不思議だった。別名、走馬灯《そうまとう》というくらい、馬の図柄が多いが、夏木なら馬よりもこっちだろうと、魚が泳ぐ図柄のものを持って来た。

「では、夜になったら、火をつけてそこに飾りましょう」

志乃は、女中を呼び、これを下げるよう命じた。

「あ。そういえば、昨夜、夏木が寝言を申しました」

「ほう」

と、寿庵も驚いた。まだ、伝えていなかったらしい。

「わたくしもうとうとしていて、よく聞き取れないところもあったのですが、いい景色だなあと」

「いい景色……」

藤村はハッとした。〈初秋亭《しょしゅうてい》〉からの景色のことだろうか。

「もどり船だとも」

「ああ」

まちがいないと思った。初秋亭の窓から、深川から日本橋あたりに帰る船がよく見える。夕陽の中で、不思議な縞模様のように水脈《みお》を引いてゆく船の美しさを、夏木はやけに好んでいた。

「しみじみとした口調で」

「そうでしたか」

藤村はうなずいた。不覚にも、こみあげそうになり、眉をひそめてそれに耐えた。

「それはいい。寝言を言ってくれたら、目が覚めるのも期待できますぞ」

寿庵が嬉しそうにそう言うと、周囲にいる者が皆、いまにも目を覚ますのではないかというように、夏木の顔に目を落とした。

だいぶ髭が伸びてきているが、顔色はさほど悪くはない。

寝息も規則正しい。

鶴が空を舞っている絵が入った立派な布団である。病で寝ているのに、むしろ気持ちよさそうにも見える。

だが、夏木が倒れたときは、本当にこれで死ぬのではないかと、藤村も仁左衛門も思ったものである。

あの日は――。

夏木は、倒れるすこし前から、頭が痛いと言っていた。しばらくすると、今度は目まいがすると言った。ちょうど、取り込んでいるときだったので、夏木には三人の隠れ家ともいえる初秋亭で休んでいるように言い、仁左衛門は飛び出した。だが、夏木のようすがどうにも気になって引き返した。

すると、夏木はもう、玄関口で倒れていたのだった。白目を剝《む》き、喉がかすかにごろごろと鳴っていた。

仁左衛門は慌てて藤村を呼びに走った。藤村よりも先に、医者の寿庵を呼ぶべきだったとは、あとにして思った。その後、急いで連れてきた寿庵は、

「中風だな……動かしてはいかん。そっと布団に寝かせるのじゃ」

と、命じた。

そのまま初秋亭には三日寝かせた。報《しら》せを受けて飛んで来た家族や家来たちが連れて帰るというのにも、寿庵は頑として聞かなかった。そのため、奥方と女中が二人、中間が二人、初秋亭に泊まりこんだ。

最初の夜はいびきがひどかったが、翌日には徐々に静かになった。

三日後、容態が落ち着いたと見た寿庵は、夏木をできるだけそっと屋敷に移すことを許したのだった。

「こんなことになって、来るときに仁左とも話したのですが、隠れ家遊びはもうやめようかと」

と、藤村が言った。話し合ったのは嘘ではない。隠れ家の初秋亭ができ、さらに町の連中のよろずもめごとの解決に力を貸そうということになった。どうしても、奉行所の同心だった藤村が中心になるが、弓の名手である夏木や、顔の広い仁左衛門も、大きな力になっていたのである。そのため、なんだかんだで、忙しくなり、酒を飲む機会も増えた。夏木は疲れていたのではないか。

そこに気がつき、どちらからともなく、初秋亭は閉めようかという話になったのである。

「あの初秋亭をですか？」

「はい」

「それはおよしになってくださいませ」

「…………」

「夏木はあそこを大変、楽しみにしていましたし、自慢にもしていました。これで、わしの老後は充実できるとも申しておりました」

「そこまで……」

「夏木がおなご遊び以外に、こんなに夢中になったものはなかったのではないでしょうか。いい景色を眺め、下手な発句《ほっく》をつくり、気のおけないご友人たちと楽しい語らいを持つなんて、わたくしだって羨ましいくらいですもの。ぜひ、あのままにしておいてくださいませ。もし、夏木が治ってもう一度、動き回れるようになったとき、あのお家がなくなっていたら、生きている甲斐もなくなってしまうかもしれませぬ」

「そこまで言ってもらえるなら」

と、藤村は仁左衛門とうなずき合った。どこかで、奥方は自分たちのことを恨んでいるのではという不安もあったが、それもなさそうなのは嬉しかった。

寿庵が一通り治療を終え、立ち上がりかけたので、藤村たちもいっしょに暇《いとま》を告げることにした。

「じゃあ、夏木さん。また、来るぜ」

藤村は布団に入っている夏木の手を握った。

「仁左だよ。用があったら、いつでも呼んどくれ」

仁左衛門は夏木の頰を撫でた。

夏木はなんの反応もなく、規則正しい寝息を立てている。

二

藤村と仁左衛門は、元気のない足取りで深川熊井町にある初秋亭にやって来た。ここからの景色に惚れ込み、隠居の身分となったこれからは、いい景色を見ながら暮らそうというので借りている一軒家だった。

二階の窓から、大川の河口が一望できるのである。海と川が混じり合う一帯の、水面《みなも》の微妙な変化だけを見ていても飽きることがない。それを島や岸の緑が縁取り、遥か遠くには富士までも望むという景色である。

いい景色を見ながら暮らすことで、これからの人生がどれほど豊かになることだろう。そんな期待をこめた三人の隠れ家だった。

その隠れ家の前に、一人の女が途方に暮れたように立っていた。

島田の髷《まげ》。男羽織に小粋な小紋の着物。お俠《きゃん》が売りの深川芸者である。

「あんたは……」

七福仁左衛門は驚いた。前に立っていたのは、芸者の小助《こすけ》だった。夏木が惚れ込み、家まで借りてやって、妾のようにしていた。だが、手ひどくふられ、そのために夏木の酒量がいっきに増えた。

夏木が倒れた張本人とも言える。

仁左衛門は、お前のせいだと怒鳴りつけることも考えた。

だが、夏木は五十を過ぎた大のおとなである。こんな小娘のせいにしたら、夏木自身も自らを恥じるはずである。

「夏木さまが倒れたって聞いたから」

と、泣きそうな顔で言った。以前、夏木に頼まれ、別れないでくれと交渉に行った。そのとき、「しつけえな、あのジジィ」と言った顔とはまるでちがう。

「ああ」

と、仁左衛門はうなずき、次の言葉を待った。

「死んだの？」

なんとも露骨な物言いだが、こんなとき言葉づかいを注意することもないだろう。

「いや、でも、まだ意識はもどらないんだよ」

「そうなの。見舞いには行けないけど……ここは夏木さまに聞いていたので……ここに来たら何かわかるかと思って……」

「ああ。もし、夏木さんが目を覚ましたら、あんたが心配して来たと言っておこうか？」

「いや、いいよ。そんなこと言ったら、夏木さま、また倒れるかもしれないもん」

房州あたりの訛《なま》りらしい抑揚があった。粋な深川の姐さんも、しょせんは田舎出の娘っ子だったりする。

「じゃあ」

と、小助は少し未練を残すような顔をして踵を返した。

「あいよ。見舞い、ありがとうな」

小助はとぼとぼともどっていった。もしかしたら、倒れたことの責任も薄々感じてはいるのかもしれなかった。

「いまの娘かい？　夏木さんが夢中になっていたのは？」

と、藤村が訊いた。

「そうだよ」

「ふうむ」

藤村は初めて会ったが、仁左衛門はすでに三度ほど会っている。

「夏木さんも気が若いよな」

小助の若さに、驚くというより呆れたのだった。

初秋亭には、夏木を運び出したあと、三日は来ていない。わずか三日でも、なんとなく埃っぽくなっているようで、まずは二階から一階へと箒《ほうき》で埃を掃き出した。

それから、二階の六畳間に座り込む。二階に六畳と三畳間、一階は台所と四畳半、それに厠《かわや》があるだけの小さな家である。ただ、造りは無類の趣味人がつくっただけに、相当凝《こ》ったものである。

藤村と仁左衛門は、窓から景色を見た。

高い空には秋の鰯《いわし》雲がゆっくり流れている。それを映す水面にも秋の気配が濃い。もう泳ぐのには冷たすぎるだろう。

元八丁堀同心の藤村慎三郎。

長男に家督はゆずったが、三千五百石の旗本、夏木権之助忠継《ただつぐ》。

箱崎にある老舗〈七福堂〉の元のあるじ、七福仁左衛門。

身分も仕事もまったくちがう三人が、友情を育《はぐく》んだのも、この大川河口だった。

水練が好きで、十二の夏から十五の夏まで、ここらあたりを泳ぎまくった。

いったんは疎遠になった仲だったが、もう一人いた仲間が起こしたできごとのおかげで付き合いが復活し、いまはさらに強い絆が結ばれつつあった。

その矢先といっていいときに、一人が倒れるなどとは、夢にも思っていなかったのである。

「時が流れるのはわかるけど、仲間は失いたくはないね」

と、仁左衛門が言った。

「なあに、大丈夫よ。夏木さんはあれでけっこう強運の持ち主だぜ」

藤村はそう言ったが、本当に夏木が強運なのかはわからない気がした。

「そうだよな」

「そうだって」

ぼんやり話しているところに、

「いらっしゃってましたか？」

と、下のほうから声がかかった。

「源《げん》さんみたいだ」

「よう。上がってくれ」

隣りの番屋に詰めている番太郎の爺さんである。番屋とは、自身番ともいい、町内にほぼ一つの割合で置かれていた。町内の治安を守り、罪人をいったんここに留置したり、同心や岡っ引きの詰め所のようになったりもする。

ここにいる番太郎は、奉行所の者や岡っ引きではない。町内の家主や町役人が雇った者で、よほどのことがなければ暇な仕事だから、年寄りも少なくなかった。

源さんは何人かいるその年寄りの一人で、本所深川見回り同心の菅田万之助《すげたまんのすけ》や藤村の倅で見習い同心の康四郎《こうしろう》などは、親しげに源爺ぃと呼んでいるが、藤村たちはそうはいかない。六十代半ばほどで、いつも暇そうに番屋の前に出て、煙草をふかしていた。

「じつは、聞いていただきたいことがありましてね」

二階に上がってきた源さんは、すぐにそう言った。

「どうかしたかい？」

「一昨日と、昨日と、おかしなできごとがありましてね。夜中、といってもそう遅くもないんですが、男が家の中にいきなり侵入し、家の者をしばってさるぐつわをしただけでいなくなるんでさあ」

「なんだ、そりゃ」と、仁左衛門が呆れた声を出した。

「物盗りじゃねえのか？」

と、藤村が訊いた。

「何一つなくなってないんで」

「誰か怪我をした者もいねえんだな？」

「ええ。ちっと当身《あてみ》を入れられたくらいで」

「それじゃあ、無口な客みてえなもんだな」

と、仁左衛門が言った。

「そんな気味の悪い客があるもんですか」

源さんは真面目《まじめ》なだけに、仁左衛門の軽口《かるくち》は通じない。

「どこだい？」

「黒江町なんですが」

「なんで、爺《と》っつぁんが、黒江町のことに？」

黒江町には、黒江町の番屋があるのだ。

「被害にあったのが、あっしの姪っ子の家でしてね。何も盗《と》られず、怪我人もいないというので、奉行所のほうもまるで動いてくれないんだそうで」

「そうだったかい」

とは言ったが、そういうものだということは藤村もわかっている。

「そんなら初秋亭の旦那たちに頼んでやるよ、と」

「なるほど」

「姪の家は多少、実入りもいいもんで、それなりの礼もできるはずです」

と、源さんは、自慢めいた口調でそうも言った。

礼はともかくとして、夏木が元気であれば、喜んで引き受けただろう。

たしかに、それくらいの被害では町奉行所や岡っ引きは動かない。

それに、昨日の朝飯のとき、見習い同心をしている倅の康四郎が、日本橋のほうに駆り出されてとこぼしていた。

なんでも、日本橋の豪商〈千秋屋《せんしゅう》〉を、名うての大泥棒が狙っているという。その泥棒の名を聞いて、藤村は思わず懐かしさを覚えた。

荒海新五郎《あらうみしんごろう》といって、藤村の世代の人間にとっても、伝説の泥棒だったからである。

「どうする、仁左？」

と、藤村は訊いた。

「こうやって、なんにもせずに夏木さんの容態を気にしてるってえのは、あっしが夏木さんだったら嫌だね」

「ああ、おいらもおんなじだぜ」

と、藤村も八丁堀同心に独特の、ゆったりした巻き舌で言った。

三

その日のうちに――。

夜になるのを待って、藤村と仁左衛門は近くのそば屋で腹ごしらえをし、それから奇妙な押し込みにあったという家を訪ねた。

富岡橋の手前の黒江町である。俳諧の師匠の入江《いりえ》かな女《じょ》の住まいも黒江町だが、同じ町名でもそことは通りもいくつかへだてている。江戸の町はそんなふうに、町の名が複雑に入り組んでいるところが少なくない。ここらは堀に囲まれた一帯だが、地面が周囲よりも高く、ゆるい上り道になっている。

先に訪ねたのは、和兵衛長屋《わへえながや》という長屋のいちばん端の部屋で、一人住まいをしている五十ほどの女だった。名はおふみというと、すでに聞いてあった。

おふみは湯屋からもどったばかりらしく、浴衣《ゆかた》の中にしきりに団扇《うちわ》で風を送り込んでいるようすだったが、入り口のほうから声をかけた藤村と仁左衛門を見て、あわてて浴衣の裾を閉じた。

「じつは、一昨日の夜の押し込みについて訊きたいんだけどね」

「ええ、奉行所の方ですか？」

「このあいだまではな。いまは番屋の手伝いってとこかな」

「ああ、そうですか」

と、おふみはその説明で納得したらしい。

上がってくれと言われて、藤村と仁左衛門は四畳半の部屋に上がりこんだ。この長屋は、棟割長屋ではなく、小さいが庭付きになっているので、いわゆる九尺二間の長屋よりはいくぶん広い。四畳半に畳二枚分ほどの板の間が突き出しているような造りである。当然、押し込みにも入りやすい。

「いま、お茶でも」

「いや、かまわねえでくれ」

「そうですか」

と、おふみは上目遣《づか》いに笑みを浮かべた。煤《すす》けたような顔の色だし、目の下の皺も目立つが、若いうちは器量がよかったと思わせる目鼻立ちである。いまでも、色目くらいは遣ってやるよという気概は感じられる。

「その賊は夜中に来たのかい？」

「いいえ。まだ木戸も閉まりきらないころですよ。あたしは、佐賀町にある料亭〈越前亭《えちぜんてい》〉の仲居をしてますんですが、仕事を終えて帰ってきたら、すでに中にいたんですよ」

「顔は見たのかい?」

「無理ですよ、旦那。だって、いきなりどすんと当身ですもの。それで、気づいたときは、手足を縛られ、さるぐつわをされていたんです。そのさるぐつわが、ちょっときつすぎて、痛いくらいでした」

と、おふみは手を後ろに回すしぐさをしながら言った。

「そいつは、何もしねえで、あんたの部屋でじっとしてたんだな?」

「はい」

「どれくらいのあいだだった?」

「半刻《とき》(およそ一時間)ほどでしょうかね」

「顔は見えなくても、姿かたちくらいはわかったのかい?」

「いいえ。真っ暗で何も見えませんもの」

「逃げようとはしなかったのかい?」

「おとなしくしていれば何もしねえ、と言いましたから」

「そのとおり、何もされなかったんだな？」

訊きながら、藤村は部屋の中を見回した。女の一人住まいだが、所帯道具は少ない。縁起物やら人形などで、ごてごてと飾りたてる女もいるが、この部屋は殺風景と言ってもいいくらいである。

「ええ、まあ」

と、おふみはそこで胸を張るようにして、

「でも、なんだか、あたしのことを厭《いや》らしい目でじろじろ見ていたみたいでしたけど」

何もされなかったことが、急に屈辱のように思えたようだった。

「真っ暗だったんだろ」

「それでも、そんな気配でしたよ」

藤村は、女の見栄だなと思った。

どうやらその男は、おふみのことはまったくどうでもよかったらしい。

「変な賊でしたよ。罪にできなくても、一度は捕まえてもらって、いったい何しに来たのか、問い詰めてくださいよ。でないと、おちおち眠ることもできませんもの」

と、すでに眠そうな顔をしながら言うのだった。

もう一軒というのは、表通りに面した団子屋だった。ここのあるじの女房が、源さんの姪っ子でおさきという女である。

小さな団子屋だが、みたらしの味がいいというので、つくった団子はいつも、夕方前には売り切れてしまう——と、源さんは言っていた。

ただ、その割には、自分たちの膳のわきに食べきれなかったらしい団子が二串残っていて、藤村たちが行くと、あわててそれらを台所の裏に隠してしまった。

「賊のことなんだがな……」

店の奥の居間に上げてもらった藤村と仁左衛門だが、藤村はすぐに訊いた。

「ええ」

「見たのはあるじのほうだな？」

髪が薄いのか、小さな髷のあるじは、強張った顔でうなずき、

「はい。あっしが夜中に下の厠に降りてきたとき、この居間に人がいたんです」

「叫んだりはしなかったのかい？」

「首すじに包丁みたいな冷たいものを当てられ、騒ぐな、静かにしてたら何もしねえと言われました。上には、女房と子どもが寝ているので、とにかくことを荒立て

るのはやめようと、じいっとしてました」

そう言って、あるじは気弱そうに下を向いた。このあるじなら、包丁など出さなくても襟首を掴まれただけでも、おとなしくなってしまうのではないか。

「さるぐつわは？」

「されました」

「痛かったかい？」

「ああ、そういえば、凄くきつかったです。そこらにあった手拭いを、あっしの口に押し込み、その上からさらに手拭いで縛られたんです」

おさきも痛いくらいと言っていた。藤村は、さるぐつわのことが、なんとなく気になった。

「それでそこらに倒されていた？」

「いえ。柱に縛りつけられました」

「向こうもじっとしていたのかい？」

「ええ。身動きひとつしてねえみたいでした？」

「家捜しもせず？」

「はい」

他人の家に押し入り、そこでじぃっとしているというのは、どういうことなのだろう。藤村は仁左衛門の顔を見たが、仁左衛門も首をかしげるばかりである。

「どれくらいのあいだだった？」

「長かったですよ。一刻《とき》（およそ二時間）ほどはそうさせられていたと思います」

「ふうん」

そういうときというのは、恐ろしく長く感じられるのである。半刻どころか、さっきの仲居もそうだが、たぶんせいぜい四半刻くらいのあいだだったのではないか。

「とりあえず、そんなとこかな」

そう言って、藤村が立ち上がりかけると、台所のほうにいたおさきが、皿を二つ持って来て、二人の前に置いた。さっき下げた食べ残しの団子にちがいない。

「どうぞ、召し上がっていってください」

おさきが澄ました顔で言った。

「いや、商売物だもの、悪いよ」と、仁左衛門が言った。

「いえ、気になさらず」

仁左衛門が先に手をのばしたので、藤村も食うことにした。少し固くはなっていたが、味は悪くなかった。ただ、源さんはそれなりの礼も期待できるように言っていたが、そっちはあまり期待できない、とちらりと思った。

「どうでえ、仁左」

と、外に出た藤村は訊いた。

「わかんないね、あっしにはさっぱり」

「何も盗られていねえってえのは本当みたいだな」

「そうだね。あの程度の所帯なら、団子の串一本盗まれても気がつくしね」

「まったくだ」

藤村も歩きながらしきりに首をかしげる。たしかに、やっかいな事件だった。

油堀西横川にかかる福島橋の上で、

「藤村の旦那じゃねえですか」

と、提灯を向けられた。

「よう、あんたかい……」

子分を二人つれた岡っ引きの鮫蔵《さめぞう》だった。巨体の鮫蔵が橋の上にいると、きゃしゃな福島橋がぎいぎい悲鳴をあげているように思える。

鮫蔵は、深川きっての嫌われ者といってもいいだろう。他人に威圧感を与える巨体の上に、いかにも意地悪そうな嫌な目つきをしている。こんなやつに恫喝されたりしたら、生真面目《きまじめ》な町人などは震えあがってしまう。だが、藤村はこの男がなぜか嫌いではなくなってきている。

「これはこれは、七福堂のご隠居もごいっしょで」

「おいらだって、隠居だぜ」

と、藤村が言った。

「ああ、そうでしたっけ」

近頃は、鮫蔵のところの若い者が、藤村の倅の康四郎についている。今日も康四郎といっしょなのか、ここにはいない。

「そういえば、荒海新五郎が出たんだってな？」

と、藤村は訊いた。

「なあに、本人かどうかわからねえんで。ただ、千秋屋に届けられた文の中に、荒海のやつは金の恵比寿を狙っていると書かれてあったんで」

「金の恵比寿？」

三井が金の大黒をどこぞに飾っているというのは聞いたことがあるが、金の恵比寿というのは藤村も知らない。

「千秋屋も、そのことは秘密にしていたそうで。それが知られているというのは、ただの悪戯《いたずら》でもなさそうでして」

鮫蔵は、下流のほうの掘割を見ながらそう言った。この男の悪人づらは、夜の灯に照らされると、不思議に哀愁を帯びる。

「それにしても、懐かしい名前だぜ」

「藤村の旦那もあいつを追っかけた口ですかい？」

と、鮫蔵はからかうように言った。

「馬鹿言うなよ。伝説の泥棒だぜ。おいらより一回りも上の連中が追っかけたやつだよ。まだ、生きてたんだなあ」

「生きてるとは聞いてたんですよ。荒海の子分も何人かいましたから」

「いくつくらいなんだ？」

「さあて。七十はゆうに超えてるでしょう。最後の仕事だって、もう三十年以上も前のことですから。泥棒に昔かたぎもねえもんだが、殺しなど手荒いことはせず、盗まれたほうも、いつ盗まれたかわからねえくらいだったそうですね」

鮫蔵も直接は知らないらしい。そういえば、荒海新五郎が仕事をしていたのは、もっぱら日本橋から神田界隈にかけてだった。

「ふうん。まあ、しっかりやってくれよ」

帰ろうとした藤村に、

「ところで、旦那、まさか、例の黒江町のさるぐつわの件で？」

と、鮫蔵は訊いた。藤村がやって来た方角から見当をつけたらしい。

「ああ。だって、おめえらがそれどころじゃねえってんだもの。お鉢がこっちに回ってきちまったさ」

「いや、じつはあっしも黒江町の件は気になってるんでさあ」

「やっぱりな。ちっと見る目があるやつは、目ぇつけるさ」

この一件の底には、見えていない何かが潜んでいるはずなのだ。

「何か、拝んでたんじゃねえんですか？」

と、鮫蔵が言った。

「ほう」

藤村は唸った。さすがに鮫蔵の目のつけどころはちがう。

「げむげむとかか？」

げむげむというのは、鮫蔵が長いあいだ追いかけている謎の狂信者の集まりである。いったん噂をきかなくなっていたが、このところ、ほうぼうで親鸞や日蓮へのひどい悪口を言いはじめていると、聞いたような気がする。

「げむげむのお札《ふだ》は見当たりませんでしたがね」

と、鮫蔵は言った。

「うむ」

どっちの家も、ごくありきたりな神社の札や縁起物しかなかった。目のつけどころはいいが、おそらくそれはちがう。

「じゃあ、またな」

鮫蔵と別れたあとも、藤村はずっとすっきりしない思いでいた。

四

翌日は句会だった。とても句などひねろうという気にはなれなかったが、前からの約束であり、木場の料理屋を借りたため、欠員は迷惑だろうと出席した。

料亭は、一流とはとてもいえないような、飲み屋に毛がはえたくらいのところだったが、小さな庭の向こうに木場の景色が広がって、なかなか趣がある。

この日は、水辺の光景を句にするというのが課題である。前から言われてはいたが、何もつくっていない。せめて、一句はと、藤村は頭をひねった。

今日の会は、人数が八人ほどで、騒がしくもなく、句会自体は気分のいいものだった。

藤村と仁左衛門がぼんやり筏《いかだ》が行きかうようすを眺めていると、

「夏木さまは？」

と、三人の俳諧の師匠である入江かな女が、不思議そうな顔でやって来た。かな女にはまだ、夏木が倒れたことが伝わっていなかったらしい。

「それが……」

と、仁左衛門が説明した。

「まあ」

かな女は絶句してしまう。

「夏木さんは力をつけてきてたのにな」

と、仁左衛門が言った。夏木が聞いたなら、わかったような口を利くなと苦笑いしそうな、師匠にでもなったふうな口調だった。

だが、かな女は素直にうなずき、

「夏木さまは、なかなか勉強熱心でしたから」

かな女の言い方が、なにやら死者に対して言うようで、藤村はどきりとした。

この日の句会はどうしたことか、いつもは四十、五十と大量の句をつくる仁左衛門が一つもつくることができず、逆に藤村は、どういうわけか何人もの人たちから「天」の評価をもらったほどだった。

秋茜《あきあかね》木遣《きや》りの節《ふし》に飛びもせず

句会を終えて――。

これから夏木の見舞いに行くという藤村と仁左衛門に、かな女も付き合うことになった。

かな女の足も考え、木場から浜町堀までは船を拾った。

仁左衛門がこちらを向き、藤村とかな女が並んで座った。

夏木のことが頭にあるので、話もはずまない。しばらくはぼんやりしていたが、ふと、藤村はかな女の手が気になりだした。かな女は上背《うわぜい》があるが、そのわりには細く小さな手である。色も白い。その白い甲のところに、一点、墨がついていた。

小さなしみだが、白い肌だけにやけに目立つのだ。

——気づいていないのだろうか？

だが、男がそういうことを教えるのも、変なものに思える。

そのしみをさりげなく見ているうちに、かな女がこの夏まで付き合っていた男のことを思い出した。売れない役者で、長い付き合いになっていたらしかった。あの男とは、本当に切れたのだろうか？　年増になるほど、男とは別れにくくなるのだと、昔、お縄にした女から聞いたことがあった。

かな女の男が気になっているのは、かな女に思いを抱いているからだ——とは、藤村も自覚している。男女の仲まで進むことができるのか？　できたらできたで、これから老いに向かうという暮らしの中に、波風が立つのは避けられないだろう。

そんなことも覚悟の上で、恋という船に乗り込むことができるのだろうか……。

結局、手の墨については何も言わないまま、船は浜町堀に着いてしまった。

いつものように門番に案内され、隠居家のほうにうかがうと、寿庵が夏木に鍼《はり》を打っているところだった。寿庵は蘭方を学んだが、同時に鍼もできる。藤村たちが神妙な面持ちで見入っていると、

「中風には、人中《じんちゅう》と合谷《ごうこく》というツボが効果があるのさ」

と、寿庵が自ら解説してくれた。

人中とは、鼻の下の溝にあたるあたりで、合谷は手の親指と人差し指の分かれ目にあるらしい。

「どちらも寝かせたまま打つことができるので、楽なところさ」

寿庵は今日も変に深刻ぶっていない。

奥方の志乃は席をはずしていて、三男の洋蔵《ようぞう》が布団のそばにいた。骨董に造詣が深く、以前、とある事件の解決に力を貸してくれたことがある。

今日も夏木は昏々と眠っている。

梁《はり》のところに下げられた廻り燈籠は、まるで効果がないらしい。

鍼が終わるころ、席をはずしていた志乃がもどってきた。

「奥さま。こちらは俳諧の師匠をなさっている……」

と、仁左衛門がかな女を紹介しようとすると、

「入江かな女でございます。夏木さまにはお世話になっております」

仁左衛門の言葉を待たずに、自ら名乗って頭を下げた。

志乃の表情が一瞬、ゆがんだようになり、

「あら、そうなの」

と、言った。藤村はその言葉の調子に、おや？　と思った。ずいぶんぶっきら棒

な返事である。

「これは、ほんの気持ちでございますが……」

かな女は、夏木への見舞いを持って来た。小さな壺で、以前、夏木が「これぞ俳味というものですな」と気に入ったようにしていたものだった。

「小さなお花でも飾っていただけたら」

「そうね」

志乃はそのままそっぽを向いた。

いつもとはまるでちがう。藤村たちには見せたことがない、硬い表情だった。夏木の容態が悪化したようには見えない。もしかしたら、夏木の愛人だと誤解しているのかもしれなかった。

気まずくなって、藤村はいったん咳払いをし、

「なんか、おいらたちにできることは？」

と、寿庵に訊いた。

「ああ、そうそう。どこかにいい薬草があるとかは？」

と、すぐに仁左衛門もつづけた。女たちのやりとりに仁左衛門も緊張していた感がある。

「薬草ねえ」

寿庵だけは口調も変わらない。女心の機微には鈍いのかもしれないが、こんな場合はそういう人がありがたい。

「南天が中風にいいというよねえ。南天の箸でもつくろうか」

と、仁左衛門が言った。

「ああ、南天もたしかに効くことはあるのだが、逆に具合が悪くなることもあるのでな、もうすこしようすを見よう。いまはな、牛黄清心丸《ごおうせいしんがん》といって、牛の胆石が入った薬を飲ませておる」

「牛の胆石……」

洋蔵が、そんなものを飲ませて大丈夫なのかという顔をした。

寿庵は庭の奥のほうを指差し、

「薬草よりも、あそこに柿の木がありますな。あの葉を煎じたものを、口にふくませるようにしましょう」

「陰干しなどしなくてもよろしいのですか」

と、志乃が訊いた。ようやく、気持ちがかな女から離れたらしい。

「かまいません。葉を四、五枚ほど砕いて煎じてください。松葉もいいのだが、生臭いので、病人は飲まずに吐き出してしまうかもしれませんので」

「ほかにはないのかい?」と、仁左衛門が訊いた。

「ないね。あんたたちは、ときおり呼びかけてやるのがいちばんさ」

「わかっているのかい?」と、藤村が訊いた。

「それはどうなのか。当人が目を覚ましたときにでも訊いてくれ」

藤村たちは早々と暇《いとま》を告げて外に出た。思いがけない気まずい空気で、藤村は外の風を深く胸の中に入れた。

かな女は無言のままである。

乗ってきた船がまだ、河岸につけてあったので、かな女はこれで帰ることにした。もどり船というので交渉し、かな女は安い値で乗り込んだらしい。

藤村も仁左衛門も、今日は家に帰るつもりだったので、ここで別れた。

歩きだしながら、藤村が言った。

「それにしても、仁左。夏木のように立派な家だから、ああして面倒も見てもらえるが、わしらがああなったら大変だな」

奥女中がいるわけでもなければ、家来の助けもない。女房の世話になるしか方法がない。そんなとき、ほかの女に手を出している最中だった日には、どんなあつかいをされることか。

「まったくだ。やはり、あっしは煙草をやめることにしよう」

と、仁左衛門はよくわからないことを言った。

「なんだ、そりゃ？　願掛けで、好きなものを断つのか？」

「そうじゃないよ。自分のためさ。寿庵先生からずっと言われていたのさ。煙草ってえのは、酒なんか比べものにならないくらい、身体に悪いらしいよ」

そういえば、夏木は倒れる前、それまで吸わなかった煙草を吸いはじめていた。

「ふうむ。やめられるかね？　煙草は酒よりもやめるのは大変らしいぜ」

「大丈夫。藤村さんもやめたほうがいいぜ」

「じゃあ、おいらは仁左のようすを見て、よさそうだったらやめるさ」

「ちぇっ」

と、悔しそうに言ったところを見れば、やはりやめたくはないらしい。

五

「どうしても動きませんか？」

と、藤村が訊くと、

「動かんのだ」

田畑金吾《たばたきんご》は、怒ったように言った。

中風で倒れたことがある人の話を訊きたいと、寿庵に紹介してもらった男である。

やはり夏木のことが気になり、すこしでもためになる話があれば、知っておきたい。寿庵は頼りになる医者だが、患者の気持ちや、どんな不自由なことがあるかについて、すべて知っているわけではないだろう。

田畑の歳は藤村たちより二つ上で、一昨年、勘定方の役目をしりぞいた途端、中風の発作を起こして倒れた。二、三日後には目を覚ましたが、右半身が動かなくなっていた。

「感触もないですか？」

「ない。あるような気がせぬ」

左手で自分の右手を持ち上げ、ぱっと離すと、薪でも落としたようにどたっと落ちた。

「歩く稽古は？」

「いや」

悲しげな顔で首を横に振った。

「やってみたらよいのに、やろうともしないんですよ」

と、わきから田畑のご新造が言った。ふだんから、それを言いたくてたまらなかったようにも見えた。

「そこらでひっくり返って、笑い者になれというのか」

「庭でなされば」

「庭だって、人には見えておるわ。馬鹿者」

田畑は機嫌が悪い。布団の上に茶箱を置き、それにもたれて威張っているさまは、どうしたって滑稽だった。

「貝原益軒《かいばらえきけん》先生の『養生訓』は読むといい」

気を取り直して、田畑は言った。

「ほう」

「それには、肥った人が酒を飲みすぎると、中風になりやすいと書いてあった。その方はどうかな？」

知り合いの旗本が倒れたとは話してある。

「ええ」

と、うなずいた。夏木は恰幅がいい。ということは、余計な肉もずいぶんつけていたにちがいない。

「肥っているなら痩せる、酒を飲みすぎていたら控える、それが病の治りをよくし、二度目の発作を防ぐことになるのではないかな」

「なるほど」

理に適《かな》った考えだろう。だが、うまいものを控えさせ、酒をやめさせ、煙草もやめさせて、夏木はそれでも生きたいと思うだろうか。そうまでして、生きる価値があるか？　夏木ならそういうのではないか。うまいものと、酒をこよなく愛してきた男である。

そんなことを思っていると、

――ん？

外が騒がしいのに気づいた。

「さるぐつわをはめられて」

そんな声がしている。

ここは深川一色町で、道をはさんで向かいが黒江町である。

「まさか……。お邪魔しました」

藤村はあわてて外に出た。すでに、とっぷりと夜の色に浸かっている。

町役人みたいな男が番屋の提灯を手にしておろおろしていた。

「誰か、岡っ引きの親分を呼んできておくれ」

「どうしたい？」と、藤村は声をかけた。

「あなたは？」

「このあいだまで、八丁堀の同心をしてたぜ」

「あ、それはありがたい。じつは、そこの家に、押し込みがありまして。女が三人、縛られ、さるぐつわをはめられて」

みなまで聞かず、野次馬が集まりはじめた家に飛び込んだ。

「怪我はなかったかい？」

すぐに訊くと、こっちを向いた女たちがいっせいにうなずいた。

三人いた。さるぐつわははずされ、最後の一人が紐をほどいてもらっているところだった。着物が多少、着崩れたさまは、当人たちには悪いがなかなか色っぽい。

「三姉妹か？」

一人がこっくりうなずいた。

「盗られたものは？」

「ちょっと待ってください」

いちばん年嵩《としかさ》らしいのが立って、箪笥《たんす》の中身などを探りだした。

「大丈夫みたい」

「盗まれてねえんだな」

「ええ」

まちがいなく例の押し込みである。

三人はいずれも浴衣一枚でひどく艶《なま》めかしい。それでも、いたずらはしていない。

「あんたたちは、たしか……」

見覚えがあった。

「ええ、そっちで〈姉妹屋〉という店を」

すこし離れた永代寺門前町で、酒も出す煮売り屋をやっている。上は三十代半ばから、下は二十代半ばくらいまでか。すこし歳はいっているが、三人ともそこそこの器量よしで、繁盛している店だった。

藤村も知人に連れられ、一、二度行ったことがある。ただ、この女たちの話がやかましくて、若者ならともかく、五十代も半ばになった藤村たちにはどうも腰が落ち着かない店だった。

「店を閉め、いつものように順に湯屋に行ってもどってくると、順々に縛りあげられ、さるぐつわをはめられました」

と、いちばん年嵩の女が言った。

「相手の顔は見てねえんだな」

「はい。ただ……」

「顔もわからず、声はわざとつぶしていたのですが、臭いが……」

「臭いがなんでえ？」

「年寄りの臭いでした」

女は、困ったような顔で言った。

「年寄りの臭い？　そんなものあるのかい？」

「ありますよ。若い男にはないのに、だんだん臭うようになってきて……」

女に見られて、藤村は自分の臭いも嗅いでみたくなった。

「あ、それから……」

と、今度はいちばん若いほうが言った。

「わたしがいたところから、奥の座敷にいたあの男がうっすらと半分ほど見えたのですが、こうやって畳に耳をつけていたのです」

身体を傾け、耳を畳につけるようなしぐさをした。

藤村は、男がいたという場所に行き、そのしぐさを真似した。

「こうかい？」

「ええ」

どういうことだろう？

壁に耳を当てて、隣りの声や音を聞いたりする。だが、畳に耳を当てたって、聞こえるものといえば……。

まさか、目隠しはしないが、さるぐつわをするというのは、かすかな音に耳を澄ますのに、うるさくさせないためだったりして……。

「最近、変な音が聞こえたといったことはなかったかい？」

と、藤村は三人に訊いた。

「あ、ありました。がさっ、がさっと」

真ん中の歳の女が言い、

「あたしも聞いた。あれ、なんだろうね。穴でも掘ってるみたいな音だった」

年下のほうがそう言った。

「まさか……」

地面の下に穴を掘って、下から蔵に侵入するという手口がある。それを、もぐらなどと呼んだりもする。手間のかかる手口だからそう多くはないが、これで金蔵の中の数千両を根こそぎ持っていかれたこともある。

――いや、ちがう。

藤村はすぐに自分で打ち消した。深川というのは、そもそもが海辺を埋め立てた土地なのである。地盤がゆるくて、穴なんて掘ろうものなら、すぐに土砂崩れになって生き埋めになってしまう。

そんなことは考えられない。

では、なんなのか？

藤村にはさっぱり見当もつかなかった。

六

藤村は図面を持っていた。さっき、初秋亭の二階で描いてきたものである。

これまで被害にあったところを、上から見た図にしてみたのだ。

おさきの長屋。

団子屋。

そして、三姉妹の家。

これがいびつではあるが、三角のかたちをつくっていた。

そして、三つの真ん中に、一軒家があった。それを外から、藤村と仁左衛門がちらちら眺めているのである。

「どことなく初秋亭と似ているねえ」と、仁左衛門が言った。

「たしかに……いや、待てよ」

藤村はもう一度、板塀を押すようにしながら眺めた。

似てはいるが、よく見ると造りに初秋亭とは違う工夫が目についた。

板塀は忍び返しのように、上部がそっくり返っているし、わざともろく造ってある気配もある。これは、忍びこみにくく、無理に乗り越えようとすると、塀が壊れて、大きな音を立てたり、怪我をしたりするのではないか。

つまり、かなり泥棒が入りにくい造りになっているのだ。

「次はここかい？　藤村さん」

「さて、どうだろうな？」

さっき三姉妹に訊いたところでは、この一軒家にはきれいな女が一人で住んでいたが、このところ若い男が数人出入りしたりして、いまはいるのかどうかもわからないという。

「とりあえず、初秋亭にもどろうよ」

「そうするか」

永代橋のあたりまで引き返してきたとき、

「おや、千秋屋さんじゃ」

と、仁左衛門が足を止めた。

千秋屋という言葉に、藤村はひそかに瞠目した。

「おお、七福堂さん。おひさしぶりでした」

仁左衛門もにこにこして愛想がいいが、この千秋屋も負けてはいない。また頭が禿げ上がって、髷が後ろに申し訳程度についているのも、愛嬌になっている。

「こんなところで何を?」

「うん、ちっとね。まあ、なにの」

「ああ、それね」

指のしぐさも何もなしに、なにやら、二人でわかってしまったらしい。

千秋屋を見送ってすぐ、

「仁左、千秋屋って、日本橋のあの千秋屋かい？」

と、藤村は訊いた。

「そうだよ。大店《おおだな》の旦那にしちゃあ気さくな人だからね」

七福堂では、毎年暮れに、千秋屋と字を入れた手提げ袋を百個ずつほど納めているという。お得意さまへの贈答用につかってくれているのだ。

「こりゃあ、驚いたな」

荒海新五郎が狙っているというのが、日本橋の千秋屋だと言っていたではないか。やはり、あの一軒家に何かあるのだ。

それを仁左衛門に説明しながら、急いで、あとを追った。

「やっぱり、あの家に入ったぜ。あそこは千秋屋の妾の家だ」

「どういうことだい、藤村さん。狙われてるのは、本店のほうなんだろ？」

「そうとも限るまいよ。むしろこっちで、大きな獲物が上がるかもしれねえぜ」

だが、大物となると初秋亭の手に余る。

深川一帯のことなら、とりあえず隅々まで知り尽くしている鮫蔵に相談するのがいちばんだった。

鮫蔵の複数の妾たちがやっている〈甘えん坊〉という店に来た。鮫蔵の人柄を知っている者からすると、寒気がしてくるような店の名前だが、「女どもが勝手につけちまった名」なのだそうだ。

藤村は、本当は〈海の牙〉のほうに呼んで、うまい魚でも食わせながらいろいろ訊きたかったのだが、あるじの安治《やすじ》が鮫蔵を毛嫌いしている。「あの人だけは連れてこないでくれ」と頼むほどなのだ。鮫蔵の人間の中身を知ると、かなり魅力のある男ではあるが、鮫蔵を嫌う人たちの気持ちもわかるのである。

のれんをくぐると、珍しく鮫蔵が早めに来ていた。

「今日はちゃんと呑み代を払うからな」

と、藤村が先に言った。払わせてくれないのも、ここに来たくない理由である。

藤村も鮫蔵に変な負い目は感じたくない。

「旦那。野暮《やぼ》なことは、なしだって」

「じゃあ、いいや。訊きてえことがあって来たんだが、また来るわ」

と、仁左衛門を押して帰ることにした。

後ろから声がかからない。出口のところで、藤村は我慢しきれずにちらりと振り

向いた。鮫蔵が笑って、

「じゃあ、七十文で呑み放題ってことで」

一通り、これまでのことを鮫蔵に説明した。

「なるほど。それで穴を掘っていそうな家はあったんで？」

「あった」

と、藤村と仁左衛門はうなずいた。それは、足を怪我した大工の棟梁の家だった。

「大工の棟梁ねえ。矢宗次《やそうじ》のことかな。仕事はやめると言ってたから、売っぱらっちまったのかもしれねえな」

と、鮫蔵が言った。

「そこに怪しいのが何人か出入りしているらしい」

「もぐら臭いね、旦那」

「だろう？」

藤村は、深川でそれはありえないと、何度も自分の考えを打ち消した。だが、それしか考えられないのだ。

「ただねえ旦那、穴掘りってえのは、ただ掘るだけじゃねえ。掘ったら土が出る。

その土をどこかに捨てなくちゃならねえんでさあ」

「土かあ。あのあたりの者にも訊いたが、何かを運び出すようなところは見ていないと言ってたなあ」

と、仁左衛門は悔しそうに言った。

「荒海新五郎というのは、もぐらは得意だったのかい？」

と、藤村が鮫蔵に訊いた。

「佐渡帰りだってことで、荒海の綽名《あだな》があるんですよ。例の、荒海やってえんですか？　芭蕉のあれからきてるんですよ」

「そうだったのかい」

「佐渡で金を掘ってたこともあって、もぐらも得意だったようです。ただ、それ一辺倒でもなくて、ときには屋根からも入れば、長いあいだかけて、店に入り込んだりしたこともあるらしいんで。変幻自在ですよ」

「だが、深川で穴なんざ掘れるのかい？　すぐに土砂でつぶされちまうぜ」

いちばんの疑問を口にした。

「ところが、あのあたりは大昔から島だったところでして。地盤はしっかりしてるんでさあ。だから、あそこらに十年ほど前まで住んでいた伊能忠敬《いのうただたか》ってちっと変わったお人が、庭に妙な器材を並べて天体観測とやらをしてたくらいです。まあ、ちっとは築山を造ったりはしてましたが」

「へえ、そうだったかい。深川の鮫は、水の中だけでなく、土の中まで知ってたとはなあ」

藤村の軽口を無視して、

「こりゃあ、大捕物ですぜ」

と言って、鮫蔵はこの男に似つかわしくないといわれる真っ白い歯を見せた。

七

目立たないよう変装し、千秋屋の妾の家を、町方の者と鮫蔵一家の連中が取り囲んだ。入り込んだのは、この前、さるぐつわをされた家々である。

いま、千秋屋の妾の家には誰もいない。あるじにこれまでの事情を話し、あの家はそっと無人にしておいてもらったのだ。

藤村と仁左衛門はもちろん町方の者ではないので、張り込みには加わらない。ただ、何かことが起きたときは、鮫蔵の手下が初秋亭に報せてくれることになった。

動きがあったのは、張り込みを始めた翌々日だった。

「藤村の旦那」

と、手下が飛んで来た。

「よし。動いたかい」

藤村は仁左衛門とともに、急いで千秋屋の妾の家のところまで来た。

やはり、緊張が漂っている。藤村は同心時代の感覚を思い出した。こういうときはいつもそうだった。油断していると、何があるかわからないのだ。

やはり、張り込みから捕縛にかかろうとしたとき、敵は二人だと思っていたら、先に子分が入っていて、六人になっていたことがある。あのときは、奉行所の中間が斬られて死に、二人を取り逃がしてしまった。

「荒海かい？」

と、藤村は家の前にいた鮫蔵に小声で訊いた。

「それはわかりませんが、七十くらいの年寄りが、大工の矢宗次の家に入りました。しっかりした足取りで、動きはきびきびして、やはりただの爺《じじ》ぃではなさそうでした」

「爺《じい》さんも掘ってるのだろうか？」

「どうですか？　手に木っ端がいっぱい入った笊《ざる》を持ってましたよ」

「木っ端？」

「ええ。あれは蚊やりじゃねえですかね」

「いまごろか？」

蚊やりは、かやの木の屑が多い。これを焚いて蚊をいぶすのだが、もう蚊なんてほとんどいなくなっている。

「妙な話だな」

その老人が入った大工の棟梁の家は静まり返っている。

踏み込むのは、千秋屋の妾の家に賊が現われたときで、合図が来ることになっている。

だが、合図はなかなか来ない。

「どうなってるんだ？」

鮫蔵も苛立った声を出した。

そのうち、大工の家ではなく、妾の家から煙が出てきた。

「なんだ、ありゃあ？」

仁左衛門が呆れた声をあげた。

手を回しているのは、康四郎だった。げほげほ咳をしているが、踏み込んでもいいらしい。

鮫蔵が十手《じって》を構えたまま、戸を開けた。藤村はその後ろから、刀に手を添えたままつづいた。

「凄いな、これは」

藤村は思わず言った。

家の中の半分ほどが土で埋まっていたのだ。掘って出た土は捨てに行かずに、すべて家の中に積んでいたらしい。一階はもちろん、二階の半分も土で埋まっているようなようすだった。

穴があった。真下に一間半ほど掘られ、そこから横穴になっている。横穴の手前に老人がいて、小さな焚《た》き火をしていた。穴の中で蚊やりを焚き、団扇をぱたぱたさせて、その煙を穴の奥へ送り込んでいるらしい。その煙が妾の家のほうに回ったのだろう。

「神妙にしろ」

と、鮫蔵が上から言った。

「おう」

ぎょろりとこちらを向いた。七十は過ぎていようが、目の光は若者のようである。

「あんた、荒海新五郎だな」

「さあ、そんなやつは知らねえな」

鮫蔵の睨みも軽く受け流した。


翌日――。

昼は夏木の見舞いに行ったあと、夕方から藤村と仁左衛門は、永代橋近くの飲み屋海の牙に腰を落ち着けた。飲みはじめてまもなく、本所深川見回りの菅田万之助がやって来た。いつもついている倅の康四郎は、今日はついて来ていない。

「藤村さん。世話になった」

と、菅田はいつもの大きな声で言った。わざわざ礼を言いに来たらしい。初秋亭をのぞいたが、いなかったので、ここだろうと当たりをつけたのだ。

「なあに、どうってことはねえ。それより、荒海のほうはどうだい？　本物だったのかい？」

昨日は、千秋屋の妾の家にいた三人を大番屋のほうに連れて行き、老人のほうは荒海新五郎かもしれないというので、まっすぐ奉行所まで連れて行ったのである。

「それがわからねえんだ」

と、菅田は情けない顔をした。

「捕まったあいつらも、荒海新五郎かわからないのかい？」

「直接、顔を見たことはないらしいのさ」

荒海新五郎はあまり多くの子分を使わなかった。せいぜい二人ほどで、その連中もすでに引退している。

今度、捕まった連中は、荒海新五郎の子分を名乗ったという男の、そのまた子分のような連中だった。直接のつながりなど、ほとんどないのだ。

連中は、千秋屋の金に目をつけ、まずは手代として一人が入り込んだ。金蔵の守りが厳重なので、荒海新五郎の名を出して脅した。そうすれば、日本橋の店にある金の、全部とまではいわないまでも、一部は深川の妾宅のほうに移すのではないかと踏んだのである。事実、店の若い者たちが急いで千両箱をいくつかと、守り神にしている金の恵比寿を移したという。

そこまでは、計画どおりだった。

「ところが、そんな半端なやつらが、荒海新五郎を名乗ったもんだから、漏れ聞いた本人は怒ったわけか」

と、藤村は言った。

「しかも、新五郎には連中の手口もお見通しだったんだろうな。旦那の妾宅を探ってみたら、あのあたりの地盤の固さとか、落ちていた土などから、若いやつらがもぐらをやっていると睨んだ」

「だろうな」

それも藤村が睨んだとおりである。穴のようすを確かめるために、近所の家に押し入った。新五郎は、音を聞いて、穴の場所や掘りはじめた場所まで見破ったにちがいない。わざわざ家の中まで入って音を聞くかという気もしたが、もちろん、外の地面でも聞き、通り道になるかもしれない家の中でも聞いたのだろう。

「それで、いざ、連中が押し入ろうというとき、蚊やりでいぶしてやるつもりだったというわけか」

と、藤村は言い、いかにも新五郎のやりそうなことだと思った。

「でも、その爺さんが本当に荒海新五郎かどうかはわからない?」

と、仁左衛門がわきから訊いた。

「なんか、怪しげな連中がよからぬことをしていそうなので、いぶしてやっただけだと言ってるんだよ」

と、菅田が答えた。

「佐渡帰りの入れ墨は？」

と、藤村が訊いた。

「あるけど、それだけじゃどうにもならねえさ」

それはそうである。

「どこに住んでるんだい？」

「日本橋に近い本材木町の裏店《うらだな》だよ。小さな下駄屋を若い女房にやらせ、あとは長屋を一軒ほど持っている」

「悠々自適かい」

「そういうこった」

藤村は、荒海を追いかけていた先輩のことを思い出した。荒海を追うのに、使わなくてもいいような小者まで二人も雇い、引退するころはずいぶん金にも困っていた。隠居したらすぐ、流行《はや》り病で亡くなってしまったが、もしも荒海が悠々自適に暮らしていると知ったら、どんな気持ちがしただろうか。

「どうしようもねえな」

と、藤村は言った。爺さんは今日にも奉行所から放免されるだろう。

「ああ。これ以上、突っついたって、どうせ新五郎だって証拠なんざ出ないんだから、盗人たちの捕縛に協力してくれたって、野郎に奉行所が褒美《ほうび》を出さなければならなくなる」

と、菅田が言った。

「たしかにな」

藤村は苦笑いをした。そうなったら、あの爺さんは内心でどれだけ大笑いをすることになるだろう。

菅田は疲れたらしく、自分で肩を叩きながら帰っていった。

見送った仁左衛門が、

「こんな面白いできごとに、夏木さんもかかわらせてやりたかったねえ」

「仁左、それを言うなって」

藤村はいっきに寂しい気持ちになってしまう。

第二話　立待《たちまち》の月

一

藤村慎三郎と七福仁左衛門は、三日に一度くらいは夏木権之助の見舞いに顔を出していた。奥方には迷惑だろうから、来るときはできるだけ連れ立って来る。この日も昼飯どきは避けて、昼八つごろ（午後二時）に初秋亭から夏木の屋敷を訪ねた。ちょうど診察に来ていた寿庵が帰るところで、門の外で顔が合った。

「どうでした？」と、藤村は訊いた。

「ああ。変わりなしといったところかな。そういえば、倒れてから、そろそろ半月近くになるな？」

「ええ」

と、藤村は答えた。今日から九月である。ちょうど半月経ったことになる。夏木の屋敷の隣りにある大名屋敷の庭に、永代橋からも見えるほど大きな公孫樹《いちょう》の木があるが、その葉がわずかに黄ばみはじめていた。

「そろそろ目を覚ましてくれないとまずいなあ」

寿庵にはめずらしく深刻な口調である。

「まずいとは？」

「やはり、早く目覚めたほうが予後もいい。目覚めるのが遅いと、呆《ぼ》けが残ったりすることもある」

「呆けが……」

藤村は仁左衛門と顔を見合わせた。それこそ、いちばん怖れていた事態である。夏木だけでなく、奥方や家族にもそれがいちばんかわいそうだろう。

「夏木さまは、あと一歩のところまできているのだがな。夢を見ているようなときもあるし、寝言を言ったりするのも、その証拠なのだ」と、寿庵は言った。

「ああ、そうですな」

藤村と仁左衛門はうなずいた。それは、枕元で見ていてもそう思うのである。

「何か、あっしらにもやれることは？」

と、仁左衛門が寿庵に訊いた。

あと一歩のところまできたら、素人にもやれることはあるかもしれない。

「大きな声で呼ぶかね。耳がつぶれるくらいの声で、脅かしてやるかね？」

仁左衛門がそう言うと、

「もしかしたら、それも手かもしれぬな。医者には、患者の心を壊してしまいそうで、やるのがためらわれるが、友の呼びかけは通じるかもしれぬ」

「わかりました」

と、仁左衛門はうなずいた。やってみる気になったのだ。

門をくぐって、隠居家のほうに行くと、庭の手前に茣蓙《ござ》が敷かれ、その上で見知らぬ年寄りが鏡を磨《みが》いていた。八十近いのではないかと思えるほどの歳だが、一心不乱に手を動かしている。夏木家では、見たことのない年寄りである。

「鏡磨《と》ぎですか？」

と、縁側のところで、藤村は奥方の志乃に訊いた。

「ええ。いつもはもう少し遅いのですが、今年は不作だったみたいで、早めに来て働くのだそうですよ」

「ほう、越中ですか、あの爺さんは？」

鏡磨ぎは、寒いうちに北国から出稼ぎでやって来る者が多いのだ。江戸には、越前や越中あたりからずいぶん人が出てきていると聞く。

「いえ。あの年寄りは加賀から来ているんですよ。うちでは、毎年、頼んでましてね。映りがいいんですよ、あの年寄りが磨いてくれると。一度だけ、別の者に頼んだら、やっぱり駄目でしたから」

このころの鏡も、まだ銅鏡である。ぴかぴかの表の面を、磨き粉をつけてていねいに磨くのだが、その粉には水銀だとか炭だとかいろいろ入っていて、調合には人それぞれ、あるいはお国によって工夫があるのだ。

「そこに、磨き終わったものが」

と、奥方が指差した手鏡を取った。夏木が愛用しているものらしい。

「ほう。たしかに」

きれいに映る。自分の顔を映してみた。

最近、気がついたのだが、口の両端の下のところに、笑窪《えくぼ》のような窪みができている。こんなものは若いときにはなかったはずだが、この何年かでできたのだろう。

これが、老いた証拠だというのはすぐにわかった。ひさしぶりに会う旧知の人の顔を見て、ずいぶん面《おも》変わりしたものだと思うときがある。それは、皺の多さや肌の艶のなさなどもあるが、顔全体がだらっと下に落ちているからなのだ。その同じことが自分の顔にも起きたということなのだ。

足や腕の筋力の衰えは、ふだんの鍛錬でずいぶんくいとめることができるが、顔ばっかりはどうにもならない。弱ったものである……。

あまりの映りのよさに、思わず自分の顔に見入ってしまったら、

「ぷっ」

と、奥方の志乃が吹いた。

「藤村どの。しげしげとお顔を見つめて」

「あ、いや……おいらも老けたもんだと。あんまり、映りがいいと、見たくないものまで映してしまいますな」

藤村はあわてて、鏡を置いた。

「夏木さま。あっしだよ。仁左だよ……」

仁左衛門が、眠っている夏木に声をかけはじめた。

「藤村さんもいるぜ。そろそろ起きなよ。ほら、今日はやたらといい天気だぜ……」

いつもより、ずいぶん大きな声である。

「外はまぶしいくらいだ。ひさしぶりに、大川でも眺めに行かないかい。ほら、起きとくれよ……」

実際、今日はとびきりのいい天気である。永代橋を渡って来るときは、空は雲ひ

とつなく晴れ渡り、川面《かわも》もその空を映して、きらきらと青く光っていた。

「なあに、さっき寿庵先生と、そこで会いましてね。仁左が大きな声で呼びかけるのもいいかと訊いたら、それも手かもしれないと言われましてね」

と、藤村は大声の理由を説明した。

「そうですか。聞こえてくれるといいのですが」

奥方の口調に、かすかに諦めの気配がある。自分でも、そうしたことは何度もやってみたのだろう。

実際、仁左衛門の呼びかけも効果はなさそうで、強い日差しが当たる三十坪ほどの中庭をほめると、今日は早々にお暇《いとま》することにした。

二

……ひどく眩《まぶ》しかった。

目を閉じているはずなのに、瞼《まぶた》をこじあけるようにして、光が入ってくるのだ。

おそらく朝日なのだろうが、こんなに眩しいことはいままでになかった。

さっきまでは、やたらと大きな声がしていた。あれは、仁左の声ではなかったか。

あいつ、何をあんなに大きな声を出していたのだろう。

やっと静かになったと思ったら、今度はこの眩しさだ。

起きようとは思うが、なかなか起きられない。もう充分、寝足りたはずなのに。

身体に力を入れるが、うまく入らない。仰向けに寝ているのか、横向きなのか、それさえよくわからない変な感じがする。

もう一度、ぐいと気合を入れた。

夏木権之助は目を開けた。

すぐに眩しさの理由はわかった。寝床のわきに鏡立てに置かれた鏡があり、それが太陽の光をまともに反射して、夏木の顔を照らしていたのだ。

「なんだ、これか」

夏木は右手をのばして、この鏡を摑み、自分の顔を見た。夏木は、他人には口が裂けても言えないが、若いときから鏡を見るのが好きだった。そこにはいつも、「役者にさせたいくらい」とお世辞を言われる、われながら好もしい顔があった。

だが、今日の顔はちがった。

「なんだ、この汚いつらは」

と、思わずひとりごちた。顔一面に無精髭がはびこっているのだ。いつ、こんなに髭がのびたのか。

早く剃らなければならない。

また、起きようとした。だが、まだ身体にうまく力が入らない。どうしたことだろうか。まだ、寝ぼけているのか。

「おい、誰か、おらぬか」

と、夏木は声をあげた。

「志乃、志乃はおらぬか」

しばらく間があって、どたどたと音がしたと思ったら、勢いよく襖が開いた。

「お前さま！」

志乃がけたたましく飛び込んできた。

「目覚めたのですね。お前さま。ああ、よかった」

大げさなことを言っている。

「何を言って……」

起きようともがく夏木の肩を押さえ、

「早く、来て。お殿さまが目覚められましたぞ。茂助《もすけ》や。早く寿庵先生も呼んで来て。このあとは深川の本満寺のご住職を診ると言っていたから、たぶんそっちでしょう。そう、夏木が目を覚ましたと伝えて」

志乃が大声でわめくうち、報せを聞いたらしい長男の嫁や三男の洋蔵、それに夏木家の用人など母屋の連中が次々に駆けつけて来た。口々に祝いを言っているが、夏木は何を言われているのかわからない。

「やかましい。ちと、起き上がりたいのだが、手伝え」

「そのままで。お前さま。いま、お医者が来ますから」

「医者？　何かしたのか？　なんだか手がおかしいのだ。身体も……」

夏木は不安げな顔になった。

「中風で倒れられたのです。お忘れですか、お前さま？」

「あ……」

思い出した。これから辻斬りを捕まえに行こうというとき、ひどい頭痛と目まいに襲われたのだ。あれは、中風の発作だったのか。あのとき、身体の半分がふくらんだような、おかしな感覚もあった。だが、それは消えている。

あの夜のことを思い出してみる。

辻斬りは捕まえたのか？　藤村や仁左はどうしたのか？

「志乃。とりあえず、この無精髭をなんとかしてもらえぬか。こんな顔は自分でも気味が悪くてたまらぬ」

「わかりました」

志乃が女中に命じて湯を用意させ、自ら夏木の髭をあたった。

そうこうするうち、小さな髷《まげ》を結って、作務衣《さむえ》を着た五十くらいの男が、息を切らしてやって来た。

「いやあ、よかった。お目覚めになりましたか」

「お前さま。寿庵先生ですよ」

「寿庵先生……」

夏木は目を合わせたが、会ったことはないような気がする。

「あなたが倒れてから、ずっと診ていただいてますでしょ」

「奥さま、それは無理です。夏木さまはご存知ない。七福さんが駆けつけてこられましてな」

「ああ、たしか伊沢町に住んでいる……」

仁左が、町医者をしているのは、もったいないほどの名医だと言っていたのは聞いたことがある。

「その寿庵です。倒れたときのことを覚えているのですな」

「うむ」

「それはよかった」

「ちと、起こしてくれ」

と、夏木は志乃に言った。

「あなた。まだ、無理はなされず」

「いや、大丈夫でしょう」

寿庵が大丈夫だというので、寝床の枕元にさらにふとんを積み重ね、背をあてて、寄りかかることができるようにした。

「目覚めたばかりのところを申し訳ございませんが、いくつかお訊きしたいのですが」

「わかった。訊いてくれ」

「くだらぬとお怒りにならず、お答えください。まず、お名前は？」

「夏木権之助忠継」

「奥方さまのお名前は？」

「加代」

志乃である。

「えっ」

寿庵は、隣りの志乃の顔を見た。志乃の顔は強《こわ》ばっている。

「冗談だ。それは、藤村の新造で、わしの奥方さまは志乃と申す」

「もう、お前さまったら、こんなときに」

志乃が泣き笑いの顔になった。

「ご友人の藤村さんや七福さんと瀟洒《しょうしゃ》な家を借りられていますな」

「うむ。初秋亭だな」

「その初秋亭までの道のりを、ここから頭の中でたどっていただけませんか？」

「ここからか。そこを浜町堀に出たらな、堀沿いに大川まで行く。それを右に回ってな、箱崎の永久橋を渡るのさ。箱崎を抜けて、新堀の手前を左に折れるさ。ここらは隙間もあるがずらりと蔵が並ぶところだ。仁左の七福堂はこの北新堀河岸の前にあるのさ。そこをまっすぐ行けば、もう永代橋だ。ここを渡り、下ったところを右に曲がる。相川町を通り抜け、熊井町に入って、番屋の隣りが初秋亭だ。わしが書いた扁額も掲げてあるのですぐにわかるぞ」

そこまで言うと、寿庵は満足げにうなずいた。

「よかったです。頭の肝心なところは被害がなかったようです。いちばん心配していたのですが」

寿庵がそう言うと、志乃が思わず目頭《めがしら》を押さえた。

「こうして目が覚めたなら、夏木さま、あまりいつまでも寝ていてはいけませぬ。できるだけふだんの暮らしをなさったほうが」

「そうなのですか？」

と、志乃が剃り残しがあったらしい夏木の頬に手を当てながら訊いた。

「はい。奥さまもご協力なさってください」

「だが、これだ。ふだんの暮らしなどできるか」

夏木が吐き出すように言った。どうやっても、さっきから左手が上がらないのだ。左足も動かない。感覚はかすかにあるが、しびれている。

寿庵は、一通り、身体じゅうの動きや感覚などを確かめると、

「中風に特有の症状です。人によって治り方はちがいますが、動かそうという鍛錬はまちがいなく効果があります。すこしずつ試していきましょう」

「この手がまた、動くようなことがあるのか？」

「それは鍛錬しだいだと思ってください。動かなくなった身体も、動くようになったりすることはしばしばあります」

「わかった」

夏木はさっそく、動く右手で左手を揉みはじめている。

三

「いやあ、よかった、よかった。そうですか。夏木さまが目覚めて」

と、海の牙のあるじの安治が破顔した。

さきほど、藤村と仁左衛門が、目を覚ました夏木に会ってきたところだった。今日は、見舞ったあと、お互いの家にもどっていたが、夏木家の小者がまず八丁堀の藤村の家に報せに来て、そこから藤村が仁左衛門の家に走ったのである。

「お身体はどうでした？」

「うむ……」

夏木も奥方もはっきりとは言わなかったが、左半身がまるで動かなくなっているらしい。中風で倒れた人にはよくあることだ。

そのことは言わずに、

「すこしだけ口がもつれるが、言うことはまったく前と変わりなかった」

と、藤村は言った。

「そいつはよかったです」

安治も完全な回復ではないと悟ったのだろうが、笑顔は崩さなかった。

「とりあえず、夏木さんには悪いが、祝いの酒だ。なあ、仁左」

「ああ、そうだ、そうだ」

ひさしぶりに、気分のいい酒が飲めそうである。

「うむ、うまい」

「酒は竹林、肴は安治だね」

竹林というのは、三人が選んだ酒の銘柄だった。二人とも大好きな目刺しを肴に、二、三杯やったところに、体格のいい二十五、六の若者がのれんをわけて入ってきた。

何度か顔を見たことがある十七屋である。十七屋というのは私設の飛脚のことで、十七夜の立待月《たちまちづき》からきて、「たちまち着く」ところからこう呼ばれるようになった。

仕事を終え、軽く一杯やって家に帰ろうというのだろう。

その十七屋を見て、藤村は思いついたことがあった。

「よう。十七屋。もう、仕事はやりたくねえかい？」

「とんでもねえ。商売第一でさあ」

見るからに働き者である。

藤村はうなずき、

「おやじ。夏木さんの好物は何だったかな？」

「あの方は、何でも好きでしたが、味噌で味付けしたものはとくに好きでしたな」

「じゃあ、それを夏木さんに食わしてやろう。すぐつくってくれ。この十七屋に運んでもらうから」

「おっ、それはいい考えだ」

と、仁左衛門も賛成した。

「藤村さん。つくるのはいいが、ちがうのにしたほうがいい。病人だもの、もっとさっぱりして、食べやすくて、滋養のあるやつがいい。わかりました。すぐに……」

安治は手早い。板場にもどって、しばらく手を動かしていたが、

「これを……」

と、小鍋の中身を見せた。

「鯛か」

「ええ。すり身に味付けをして団子にしたものですが、夏木さまにも喜んでもらえ

るはずです。向こうでまた、ちっと温めてもらえれば」

なるほど、これなら病人にも食えるだろう。さっぱりしているし、香りもいい。

十七屋に夏木の屋敷を教えた。

「わかりました。浜町堀の近くですね」

「隣りの大名屋敷に大きな公孫樹の木がある。永代橋からも見えるくらいで、それが目印だ。門番を呼んで、これを渡してくれ」

紙に藤村と仁左衛門の名を記し、海の牙の「めで鯛団子」と記した。

「じゃ、ひとっ走り」

「頼むぞ」

この十七屋がまた、恐ろしく速い。ここから夏木の屋敷までは、たしかにそう遠くはないのだが、それにしてもあっという間に行って来た。ちゃんと、奥方の名ももらって来ている。

「えっ、もう行って来たのか」

「天狗かい、あんた」

藤村と仁左衛門が呆れると、たいして息切れもしていない十七屋は、

「ええ。あっしより速い十七屋は、そうはいないはずです」

と、胸を張った。

「まあ、一杯やってくれ」

藤村はとっくりを向け、

「十七屋は、名はなんていうんだい？」と、訊いた。

「へい、良太《りょうた》っていいます」

身体を使って働いているだけあって、飲みっぷりも食いっぷりもいい。たちまち酒二合を空け、好物だというひらめの素揚げを、頭から尻尾までかけらも残さず平らげた。

「商売は面白いかい？」

と、藤村が訊いた。

「こんな面白い商売はありませんや。金をもらって、いろんなところに行ける。昨日は八王子に行きましたし、四、五日前なんざ、江ノ島にも行ってきましたぜ」

自慢げにそう言った。

「なるほどな。たしか駕籠かきもそんなことを言ってたな。しかも、駕籠かきはいろんな客を乗せる。それも面白いんだってさ」

「あっしだって、いろんな荷物を運びますよ」

良太は負けじと言った。

「ほう、どんな？」

と、藤村が訊いた。

「この前なんざ、猫を運びました」

「なんで猫を？」

仁左衛門が訊いた。

「若い娘が、駆け落ちして、猫を置いてきたんです。でも、どうしても猫のことが気になって、連れてきてくれと。あっしが向こうの婆やにひそかに交渉して貰い受けたのですが、運ぶのは大変でした。行李《こうり》に入れ、背中に背負ったんだけど、啼《な》くの喚《わめ》くのって、あれがまた赤ん坊みたいな声を出したりするんですよ」

「あっはっは。そりゃあ、大変だったなあ」

藤村と仁左衛門は声をあげて笑った。

「盗人の荷物を運んだこともあります。あんときは慌てました。夜、下谷の長者町を通ったら、とある家から男が出てきて、ちょうどよかった、これを深川の三十三間堂の裏まで運んでくれねえかと言うんですよ。そのときはなにげなく引き受けました。ただ、男はあっしに荷物を渡したあと、もう一度、そっと同じ家に入っていったんです。そのようすがどうにも怪しいんで、あっしはすぐ近くの番屋に飛び込みましてね。これこれこういう男から、こんな荷物を預かったが、気になるんで調べてくれと……」

良太はそこで、もう一本、酒を頼み、目刺しを五、六尾つづけざまに食った。

「どうしたい？」

仁左衛門が待ちきれずに訊いた。

「ええ。その家は婆さんの一人住まい。そりゃあ怪しいと荷物を調べたら、立派な着物と帯が二つずつ。野郎ということで町役人たちは、飛び込んでいきました。うっかりと盗人の片棒を担ぐところでしたよ」

「なるほどなあ」

良太の話はなかなか面白い。いろんなできごとに遭遇するのは、八丁堀の同心だけじゃないとつくづく思う。

「最近も面白い話がありますぜ。場所もこの深川です」

「そりゃあ、ぜひ聞かせてもらいてえなあ」

「北川町にある洒落た一軒家でね……」

北川町なら初秋亭からも近い。掘割に囲まれた一郭である。

「そこに、歳のころは二十七、八の、いい女がいるんです」

「玄人《くろうと》かい？」

と、仁左衛門が訊いた。

「いや、あれは、ちっとくだけた素人。鉄漿《おはぐろ》はなかったんで、お妾あたりかな。一人暮らしじゃありませんぜ。あの家にたぶん旦那もいるんです。あっしは見たことはねえんですが。それで、そのいい女から、このところ何日かおきに荷物を頼まれるんです」

一度、頼まれたら、次からは毎朝、顔を出してくれないかと言われるようになった。運ぶのはいつも暮れ六つ（午後六時）過ぎで、今日はお願いと言われたら、その刻限に出直すのだそうだ。

「そりゃあ、別にめずらしい話じゃねえだろ」

と、藤村は言った。

「だが、あっしがそうやって運ぶのは、おにぎりなんですぜ」

「わざわざおにぎりをか？」

「ええ。おにぎりを芝口の日蔭町にいるおやじのところに運ぶんです。おやじは別に寝込んでるわけじゃねえんです。だったら、おにぎりぐらいてめえでつくることができるだろうと思うんですが」

「そりゃそうだ」

と、藤村は腕組みし、

「そこまで頼むと、いくらになるんだい？」

仁左衛門は金のことを気にした。

「へい。あのあたりだと三十文いただいてます」

「三十文を払ってにぎり飯を食わせる……」

たしかにおかしな話である。

「相手は本当に父親なのかい？」

と、仁左衛門が訊いた。娘とまちがえられるほど若い女房をもらっているのも仁左衛門である。

「そうみたいですよ。顔もよく似てますし、いつも、おたねによろしく言っておくれと言われます」

とそこへ、話を聞いていた安治が、遠慮がちに口を挟んだ。

「それは、娘がつくってくれたおにぎりということに価値があるんじゃないですかい。なんだってそうでしょ。そりゃあ、手近で買ったほうが安い。でも、おみやげなんてえのも、だいたいそんなもんでしょう?」

「そうだな」

と、藤村と仁左衛門も納得しかけたが、

「でも、その女も気になることを言ってました」

と、良太は言った。

「なんて?」

「あとをつける者がいるかもしれないので、気をつけておくれと」

「ほう」

「だが、その心配はねえって言ってやりました。だって、あっしの足についてこられるやつなんざ、この広い江戸にだっていませんから」

夏木の家にまで行って来た速さからしても、本当にそうかもしれない。

「だが、やはり気をつけたほうがいい。そりゃあ、なんかあるもの」

その話を聞くうち、藤村はなんとなく悪事の気配を感じ取ったのだ。まだわからないが、必ず何かある。八丁堀の同心を三十年務めた男の勘である。

「じゃあ、いちおう用心します」

良太は変に強がらず、素直である。

ゲジゲジ眉に垂れた目で、それなりに愛嬌はあるが、若い娘が好む顔とはお世辞にも言えない。

酔った仁左衛門が遠慮のないことを言った。

「おめえは顔がもうちっとましだったら、どんだけ女にもてただろうな」

四

それから十日ほどして――。

藤村がこの日の昼間は親戚の法事があったため、仁左衛門が一人で、夏木の見舞いに来ていた。

夏木が目が覚め、人と会っても心配はないとなったので、女房のおさともいっしょに見舞いに来た。前から来たいとは言っていたが、おさとは遠慮がないところがあるので、止めていたのである。

とはいえ、おさとはもう何度もこの屋敷には挨拶に来ていて、奥方もかわいがってくれている。この前のかな女が来たときとは、態度もまるでちがう。

奥方はまちがいなく誤解したようなので、そのうち言ってあげたほうがいい。

「よう、おさとか」

「よかったです、夏木さま。お元気になられて」

「なあに、まだ元気かどうかわからぬ」

「お顔の色もいいですもの」

「おさとも腹がだいぶ目立ってきたな」

「はい。ありがとうございます」

仁左衛門は五十五で子どもができる。そのうち、お盆のときしか子どもを抱けなくなるぞなどと、悪い冗談まで言われたりする。

「退屈でしょう、夏木さま？」

と、仁左衛門が訊いた。

「まあな」

さっきまで夏木は戯作《げさく》を読んでいたらしく、何冊か枕元に転がっていた。

「弥次さん喜多さんにも飽きたので、こっちを読んでみたらやたらと面白い」

「へえ」

と、読んでいたものを手に取った。『花源氏襖裏返《はなのげんじふすまのうらがえし》』と題がある。

「いま、凄い人気でな、十日に一冊の割合でつづきが出ているのだ」

「あたしも読みたい」

と、おさとが言った。

「読めるか」

「勉強したんですよ、夏木さま」

それは嘘ではない。おさとは江戸に少なくない、読めない書けないの無筆だったが、このところは子どもに格好が悪いというので、頑張って字の勉強も始めていた。意外に上達は早く、黄表紙くらいは読めるようになってきているのだ。

「どうやら、大奥の中を手本にして書いているらしいぞ」

「面白そう」

「だが、これはそのうち、お縄になるかもな」

「じゃあ、いまのうちに読んでおかないと」

「ならば、読んだところまでは持っていくといい」

「わっ、嬉しい」

おさとは、喜んだ。

「馬鹿野郎。見舞いにうかがって、夏木さまが退屈しのぎにしている戯作をもらってどうすんだよ」

「よいよい仁左、どうせそこまでは読んだのだから」

夏木は大身の旗本だけあって、鷹揚である。

「それで、夏木さま。肝心の治療のほうは？」

「うむ。寿庵がいろいろとやってくれている。揉み治療もすれば、鍼《はり》も打つ。薬もいろいろ飲まされるし、たしかに名医だな」

「そうでしょう」

「ただ、煙草は絶対に駄目、酒もしばらくはやめてくれと言われた」

夏木はそう言って、本当にがっかりした顔をした。

「発句も禁止ですか？」

「そっちは禁じられておらぬ」

「では、発句をたくさん。あっしみたいに、とにかく数をつくる」

「それがな、禁じられぬものはやる気がせぬ。おかしなものだな。酒と煙草はやたらと恋しいのに」

夏木は力なく笑った。

その夜——。

藤村と仁左衛門が海の牙にいると、怪我をした十七屋の良太が入ってきた。顔に痣《あざ》ができていて、手足はすり傷だらけである。

「どうした？」

「何者だか、三人組に襲われたんで」

この夜はたまたま、遅い時刻になり、人けも少なかった。

あの家を出て、すぐのところだったから、振り切る暇もなかったという。

「何か盗られたのか？」

「あのおにぎりを盗ろうとするんですよ。しばらくもみ合っているうち、おにぎりがこぼれ落ちました」

三人組は、そのおにぎりを手に取って、

「ちっ。ただのにぎり飯か」

と、吐き捨てるように言ったという。

三人は、経木《きょうぎ》や包み紙まで調べた。包み紙は瓦版の古いやつだったらしい。

「人が預かったものを、無茶苦茶にされたんで、あっしも殺されてもいいから、一人くらいは首でも絞めてやろうと思ったけど……三人組だし、あいつらやたらと喧嘩慣れしてるみたいで、恐ろしくなっちまって……」

「それが当たり前だ。やらなくてよかったぞ。向こうが刃物でも持っていた日にゃ、おめえは命がなかったよ」

藤村がなぐさめ、

「それで、どうしたい？」

と、仁左衛門が訊いた。

「しょうがねえんで、もどってあの姐《ねえ》さんにわけを話しましたよ。姐さんは、つぶれたおにぎりを見て、すぐに新しいのをつくってくれましたがね」

「それで、また届けたのかい？」

「ええ」

「また、おにぎりだったのか？」

「そうですよ。ちらっとつくってるところも見ましたから」

「ふうむ」

藤村はどうしても気になる。

この十七屋は、絶対に何か大事なものを運んでいるのだ。それは、おにぎりに見せかけてはいるが、じつはおにぎりではないのかもしれない。いや、本物のおにぎりのときもあるが、何回かに一度は別のものが入っていたりして……。

「三人組は、おにぎりを割って見たりしたのかい？」

「いいえ、それはしなかったですね」

「そうか……」

もし、そうしていれば、あるいはおにぎりの中から、まるで意外なものが出てきたりしたのではないか。桃の中から桃太郎が出てきたように……。

「そなた、また、襲われるかもしれぬぞ」

「えっ、またですか」

「助けてやろうか？」

「旦那が？」

良太は礼金でも強要されるとでも思ったのか、警戒するような顔になった。

「おいらは元八丁堀の同心だぞ」

藤村がそう言うと、わきから仁左衛門が、

「助けてもらいな」

と言った。

「でも、そんなことしてもらっても、あっしはなんの礼もできねえし」

「気にするな。じゃあ、こうしよう。また、このあいだの人にここの魚を届けてもらう。それでちゃらということでどうだ？」

藤村がそう言うと、

「そんならお安い御用だ」

良太はすり傷だらけの顔で笑った。

五

二日ほど秋雨が降りつづき、ようやく晴れ間が見えた。

藤村慎三郎は、庭をいじっていた。

滅多にないことである。というより、ほとんど初めてではないか。

「今日は雪が降りますかしら」

と、加代がからかった。

八丁堀の同心たちはだいたい百坪ほどの土地と屋敷を与えられている。そのうち、かなりの者がその敷地内に長屋を建て、家賃収入を得ていた。だが、藤村の家は代々、定町回りを務めたこともあって内証《ないしょう》がよく、庭はそのまま使ってきた。

その庭の大部分は加代が野菜畑にしていたが、そのほんの一部を借り、花の咲く草花を植えることにした。

というのも、発句をつくるには、草花の名をたくさん知っておいたほうがいいからである。

それなら、初秋亭の庭でやればいいかとも思ったが、あの庭は石組や小石、竹と苔などですっきりまとめてあり、いまさら手を加えにくいのだ。見た目はたいそう風情があるが、発句のネタはすぐに尽きてしまう。景色はいくら見ても見飽きないが、あの庭はそうはいかない。

そこで、こちらの庭に、野趣のある草花を育てようと思ったのだった。

いろいろ蒔《ま》けば、適当に芽が出るだろうと、秋蒔きの種に土をかぶせていると、倅の康四郎が縁側から降りてきた。今日は非番だとは聞いている。

「父上。発句というのはいいものみたいですね」

「そりゃあいいさ」

「若いうちからやるのはおかしいですか？」

「そんなことはあるまい。現に、若くして始めるやつはいくらもいる。もちろん、若いうちからやったほうが上達も早い」

「そうですか」

「なんだ、康四郎、発句をやるのか？」

「いや、決めたわけではありませんが、わたしも入江さんに習おうかなあ」

「かな女師匠に……」

康四郎は、藤村の返事も聞かず、懐手のまま、枝折《しお》り戸を開けて、外に出ていった。

「なんだ、あいつ……」

康四郎がいなくなるとすぐ、今度は加代が縁側から降りてきた。

「ねえ、お前さま」

「なんだ？」

「どうも、康四郎が誰かおなごを好きになったみたいですよ」

「なに？」

「恋ですよ、恋」

喜んでいるようだが、怒っているようでもある。こういうときは、うかつなことは言えない。

「そんなことがなぜ、わかる？」

「おなごにはわかるのです。顔を見ただけで。そうそう、お前さまも、ときどきあのようなお顔をなさいますよ」

「馬鹿を言え」

加代はからかうように笑って、また、奥にもどっていった。

――康四郎が恋だと……。

ぼんやり考えたが、ふとどきりとする。発句はいいものだと。入江さんに習おうかだと。

――まさかなあ。

あわててその妄想を否定した。それでは、父と倅が鉢合わせしてしまうではないか。


十七屋の良太が襲われてから三日後の夜――。

藤村と仁左衛門は、北川町の対岸にあたる河岸に留めた船の上で、良太がおにぎりを受け取るという一軒家を見張っていた。もしも、良太に飛脚の依頼がきたときは、初秋亭に知らせてくれるよう頼んでおいたのだ。

すでに暮れ六つ（午後六時）は過ぎ、多くの家で晩飯を食べているころである。

良太はいまから、芝口の日蔭町におにぎりを届けるのだ。

一軒家の前で、良太はしきりに足踏みをしている。少しでも早く走るための準備を怠らないのだ。

藤村は良太のことよりも、この周囲に目を光らせている。

しばらく待つと、おにぎりができたらしく、

「お願いね。十七屋さん」

と、声がかかった。なるほど、遠目に見ても、いい女だとわかる。良太ですら顔を見たことがないという旦那は、どんなやつなのだろう。

「あいよっ」

おにぎりを受け取り、背中に担いだ小箱に入れると、さっそく走りだした。

箱だけでなく、棒も担いでいる。これは杖がわりにもなれば、護身用にも使う。その棒の先には風鈴がついていて、十七屋はこの良太に限らず、ちりんちりん鳴らしながら走るのだ。

「えっほ、えっほ」

右手と右足、左手と左足がいっしょに動く。飛脚など長く走る連中の、独特の走りかたである。

しかも、走るのが大好きというのが、身体ににじみ出ていた。

「気持ちのいい若者だよな」

と、仁左衛門が言った。

「ああいうやつでも、歳をとればちったあすれてくるのが人生だけどな」

「まったくだ」

「よし。おれたちも行くぜ」

藤村と仁左衛門は、船から河岸の上にあがった。

仁左衛門も、武器を持っている。

夏木のかわりをしなければならないと、いろいろ考えたのだ。

番屋にある長十手を昔、習ったことがある。だが、十手じゃいかにも大げさだし、相手に必要以上の怪我をさせかねない。そこで杖を持ち出すことにした。

「死んだおやじが使っていたのがたまたまあってね」

長さもちょうどいい。

良太をつけはじめてすぐ――。

案の定、一人が道のわきから出てきて、良太のあとを追った。

おそらく、残りのやつらは、どこかで待ち伏せていて、行く手をふさぐのだ。

正源寺の門前に差しかかった。桜並木を植えた長い参道が、寺の奥まで延びている。樹木も多く、月夜でも影が落ちていて暗い。ここらで人通りが途切れるのは、ここしかないのだ。この前もここらでやられたという。

「待て、こら」

やはり、二人が現われて、良太の前で手を広げた。

「こっちへ来い」

という声も聞こえた。

門からつづく参道に引っ張り込もうとしていた。

良太には下手にさからうなと言い聞かせてある。それでも心配なのだろう、ちらりとこっちを見て、藤村がいるのを確かめたようだった。

襟元を摑まれ、参道の奥に引っ張り込まれた。

「この前は気がつかなかったが、今度は丸ごといただくぜ」

そう言って、背中の箱を奪おうとした。

「こら、待て」

藤村と仁左衛門が突進した。

「そうはさせねえぜ」

「なんだと」

わずかに差す月明かりの下で、三人の顔を見た。歳はいずれも三十代といったところだ。やくざ者ではないような気がする。そっちのほうがむしろ簡単に話がつくのだ。怖いもの知らずの素人のほうが、喧嘩になると面倒だったりする。

「へえ。さんぴん、抜く気か」

「無腰の者相手に抜くほど落ちぶれてはおらぬさ」

「よく見りゃ爺ぃだぜ。ちっと叩きのめしてやろうぜ」

相手は、この前、良太を叩きのめしたほどだから、動きも俊敏である。

前にいたやつがいきなり殴りつけてきた。それを腰を落とし、手で払いながら、拳《こぶし》で突きを入れた。

どすんと音がして、相手は腰を落とす。

「てめえ、この野郎」

別の男に、腰のあたりを蹴られた。

かなりの痛みで、明日になるとけっこう腫れているのではと、ちらりと思った。

顔への拳はのけぞって避け、手首を取って、ねじりあげるようにした。

ぼきっ。

と、音がして、相手はぽんと宙を舞い、地べたを転がった。そのままのたうち回っているので、腕が折れたのだろう。

「ふざけやがって」

次の男も拳で殴りかかってきた。喧嘩慣れはしているが、刃物を持ち出すまではしない。そこまで馬鹿ではないのだろう。だが、油断をすれば、相当な痛手は受ける。殴ると同時に蹴りもきた。

むふっ。

こいつは強い。また、蹴りがきた。

うっ。

腹に入った。

顔を狙ってきた拳は、腰を落としたので、藤村の頭に当たった。ふらりとするが、向こうも拳が痛かっただろう。

思いきって身体を寄せ、足を払うようにした。幸い、相手は倒れてくれた。腰を強く打ったらしく、顔を大きくゆがめている。

無理はせず、藤村はここで刀を抜いた。すっかり息があがっている。さっきの言葉が嘘になっても、これ以上つづけたら、こっちが殴り殺される。

刃を首筋に突きつけた。

「これで、終わりだ。いいな」

「ああ」

と、相手はうなずいた。

仁左衛門の出番はなかったので、振り向いて、

「一勝負やってみるか？」

と、訊いた。

「いや、もういいよ」

仁左衛門は杖は構えておらず、年寄りのように先を地面につけている。下手《へた》に振り回さずによかったかもしれない。喧嘩などはそんなもので、藤村だって刀を平然と抜けるまでには、四、五年ほどかかった。

「良太、早くおにぎりを届けてやれ」

「へい、それじゃあ、あとをよろしくお願いします」

「あいよ」

と良太を見送った藤村は、地べたに手をついておとなしくなっている、三人の中では兄貴分のようだった男の胸倉を摑み、

「おいらは元八丁堀の同心で、藤村という者だ。いまは倅があとをついでいるんだ。これ以上やるんなら、町方が相手になるぜ」

と、嚙んで含めるように言った。

「八丁堀？　野郎が八丁堀に助けを？　そんな馬鹿な」

男は痛みにゆがめながらも、呆れた顔をした。

「何がでえ」

と、藤村は訊いた。野郎というのは、十七屋の良太ではない。この届け物の本当の依頼人。あの一軒家に隠れているあるじのことなのだ。

「いや、別に」

「わかったのか」

「わかりましたよ。もう、手は出しません」

男は首を振りながら立ち上がり、あとの二人に、

「引き上げるぞ」

と、力なく言った。

六

目の前に、大皿がどんと置かれた。よく光った活きのいい魚の刺身が、大根の千切りの上に山盛りになっている。

「うぉお、戻りガツオか」

「いかにも脂が乗ってそうだぜ」

十七屋の良太が二度目に襲撃された翌日――。

藤村と仁左衛門、そして良太が〈海の牙〉で待ち合わせをした。

「いい日に来たみたいだな」

と、藤村が言い、

「戻りガツオのほうが、初ガツオより好きですよ」

と、良太が顔を輝かせた。

「ただ、戻りガツオは板前泣かせでね」

と、運んできた安治が言った。

「そうなのかい？」

「意外と味にばらつきがあるんですよ。これの当たり外ればっかりは、あっしも割ってみねえとわからねえくらいで」

「これはいいんだな」

「初ガツオに大金を使うのが馬鹿馬鹿しくなりますぜ」

三人は、おおっと声をあげながら、さっそく箸をつける。

脂の味、噛み心地、なんとも言えない。これぞ旬の秋の味である。

ひとしきり戻りガツオを味わってから、

「あいつら、何者だったんでしょうねえ」

と、十七屋の良太が言った。

「うむ。あの一軒家に行くか、鮫蔵にでも頼めば、すぐにわかるんだが、それをやったら、良太のお得意先をなくしちまうからな」

と、藤村は言った。正直、まだ見当がついていない。

「おや、藤村さんでもまだわからない？」

と、仁左衛門が嬉しそうに言った。

「なんでえ」

「あっしはわかったぜ」

「ほう」

「いつも謎ときは藤村さんにばかりまかせとくわけにはいかないもの」

「何者だい？」

と、藤村は箸を置いた。すこし悔しい気がする。

「というより、まず、良太に荷物を頼むのが誰かということから明らかにしなくちゃならねえ。あの、一軒家のあるじは何者だと思う?」

「あっしは一度も顔を見たことがないんで」

「わからねえな」

二人ともお手上げである。

「あの女の旦那は、戯作者なんだよ」

「戯作者? まさか十返舎一八《じゅうべんしゃにっぱち》じゃねえだろうな」と、藤村が言った。

「いや、二八さんじゃねえ」

「直亭馬蝶《ちょくていばちょう》か?」

二八も馬蝶も、以前に起きた面倒ごとに関わったことがあったのだ。

「馬蝶でもねえ。戯作者の名前はあとで言うとして、では、良太に運ばせているのは何かってことになる」

「やっぱり、おにぎりではないんで?」

「おにぎりの中に隠してるんだろ。おいらはそう睨んでるぜ。あの中に入れられる小さなもの……あっ、もしかしたら、真珠か?」

藤村がぽんと手を叩いた。真珠なら、かかわってくるのは密貿易のやつらか。あるいは大奥あたりもからむのか。とすると、こんな元同心の隠居がやれる話ではない。

あのとき、連中を脅したりして大丈夫だったのかと、少し首のあたりがすうすうするような気がした。

「ちがう。あれは売れっ子戯作者の草稿さ」

「草稿……」

藤村は啞然とした。真珠とは大違いである。

「どこにそんな紙が？　おにぎりのほかには、それを包んだ瓦版の古いやつしかなかったですぜ」

「ああ、あの、包み紙にした瓦版がそうか」

藤村がため息をつくように言った。

「おそらくね。瓦版の絵が入っているやつに、戯作者が下のところに文字を書く。それが草稿になってるんだよ」

「ああ。あっしがあの、日蔭町のおやじからときどき預かる紙の束みたいなやつはそれだったんですね」

「まさにそうさ。だって、そのおやじは戯作の版下《はんした》をつくっているんだもの」

「でも、なんで、戯作者が書いたものを版元《はんもと》にそのまま渡さねえんですか」と、良太が訊いた。

「そこは、わけありなんだろ。ひとつには、この戯作者が書いているものが、奉行所あたりからも目をつけられている」

「ああ。だから、あの男が、野郎が八丁堀に助けを求めたのかと驚いていたってわけか」

藤村はようやく納得した。奉行所から目をつけられている男が、その件で奉行所に助けを求めるはずがないのだ。

「そう。それともうひとつは、その戯作者が版元を代えるかなんかして、揉めたのさ。だから、あの連中はよその版元で仕事をするのを邪魔しようとしてるのさ」

「なるほどな。だが、そこは推測だろ」

と、藤村は文句をつけた。

「いや。そこらはこの世界に詳しい男に確認を取ったもの」

近くの版下屋に入れると、かならず邪魔されたり、盗作されたりするらしい。戯作の世界は売れるものを求めて、何でもありの競争が起きているのだ。版下屋がほかの出版元とつるんでいても不思議はない。

「そこで、遠くにある版下屋でつくらせていたのさ。おたねという妾とは、それでできたのか、あるいはたまたま妾の家が版下屋だったのか、それは知らねえよ。でも、おにぎりを装って運ぶなんてことは、おたねと版下屋が親子だから思いついたことだったんだろうな」

「へえ。こりゃあ、凄い。完璧な推測だ」

藤村は唸った。完全に負けである。

「ところで、その戯作というのは、どういう本なんでしょうね？」と、良太が言った。

「それさ。あっしは、どんな戯作にそこまでのことをするんだろうと、いま、江戸で出ているありとあらゆる戯作を当たった。これは、大変だったよ。それで、ようやくこれを捜しだしたのさ」

そう言って、数冊の黄表紙を出した。

「ああ、これか」

「あっしも見たことがあります。いま、巷で評判のやつでしょ」

さんざん捜したというのは、仁左衛門の嘘である。戯作は『花源氏襖裏返』、夏木の屋敷で見かけ、おさとが借りてきたものだった。

「柳営って知ってるかい？」

「いや」

「大奥のことさ。ここを詳しく書き、しかも、まるでのぞいてきたみたいに真に迫っているってんで、お上《かみ》からも目をつけられている。書いたやつは、梅亭一馬伝《ばいていいちばでん》という戯作者さ」

「梅亭一馬伝だって。なんだか、いろいろ取り混ぜたような名前だな」

「巷では謎の作者とされ、十返舎一九《じっぺんしゃいっく》ではないか。意外に、曲亭馬琴《きょくていばきん》だったりするぞ、と、いろんな推測がまかり通っているのさ」

「これがなあ」

藤村と良太は、ひとしきりこの評判の戯作をめくりつづけた。

たしかに面白そうではある。

「よう、藤村さん」

と、仁左衛門が心配そうに言った。

「なんでえ」

藤村は、戯作に目を落としたまま、返事をした。

「やばい戯作だ。やはり取り締まるんだろ」

「おいらがか？」

「いや、康四郎さんの手柄にさせてもいいじゃないの」

「馬鹿言え。康四郎の手柄なんざ、てめえの力で摑まなくてどうすんだよ。しかも、せっかく夏木さんが楽しみにしてる戯作なんだろ」

「そうだよ」

「おいらは、放っておくさ」

面倒臭そうに藤村は言った。いまは、役人などではない。巷の男である。巷の男が、巷の男たちの楽しみを奪ってどうするのだ。

「そうくると思ったぜ」

と、仁左衛門は藤村の肩を叩いた。

七

「あなた、退屈でしょ。気なぐさみに、おきわに唄でもやらせましょうか？」

と、寝ている夏木権之助に、奥方の志乃が言った。おきわというのは夏木家の女中で、芸達者である。声がいいので、よその家の祝いごとなどにも招かれるほどである。

「いや、よい。ああいうのは外で聞くからよいのさ」

夏木はそっけない調子で答えた。

「そういえば、洋蔵が父上の相手をするのに、囲碁でも学ぶかなどと言ってましたよ」

「洋蔵がな」

こっちの言葉にはすこしにんまりする。

「あの子はやさしい子ですから」

「だが、あいつが相手ができるまでは、だいぶ待たなくてはならんしな」

夏木はそれほど熱中したわけではないが、碁や将棋の腕はなかなかなのだ。

「教えてあげればいいのに」

「うむ。今度な。今日は疲れたので、寝《やす》む」

夏木は、持っていた『花源氏襖裏返』の最新巻をぱたりと置いた。

「はい。おやすみなさいませ」

志乃は下がっていった。

だが、本当は別に眠りたくないのだ。むしろ、遊びたいのだ。

外で、初秋亭で、海の牙で。

廻り燈籠のろうそくがまだ残っていて、廻りつづけている。

藤村と仁左が持って来てくれたものだという。

魚の図柄がたえず廻りつづけている。海の底のように。

――わしはもう、もう泳げないだろう……。

と、夏木は思った。ひどいことになった旗本を知っている。何をするにも家族に支えてもらわなければならず、外へ行っても、皆に迷惑ばかりかける。

――わしもああなるのか。

夏木はまだ開けておいてもらっている戸の向こうの夜の闇に、大きなため息をぶつけた。


海の牙は、今日はそれほど客が多くなかった。十七屋の良太が、明日の朝も早くから配達があるというので帰ってしまうと、急に寂しい感じになった。

「今日は立待月だもの」

と、安治が言った。

「ああ。今宵がそうだったか」

藤村が苦笑し、

「十七屋といっしょにいて、それに気がつかねえなんて、あっしらも馬鹿だねえ」

仁左衛門が最後の酒をあおった。

いつもの客たちは、八月十七日の立待月ほどではなくても、景色のいいところにくり出したか、家の二階の窓辺あたりで、九月の名月を眺めているのだろう。

藤村は窓の障子を開けて、外の空を見た。

「おお、いい月がかかっていらあ」

「どれどれ、ほんとだな」

「夏木さんにも見せてやりてえな」

「見てるんじゃねえのか」

「行ってみようか」

「いまからか」

「そうさ。また、ここの魚を持って」

と、藤村は立ち上がった。

安治に訊くと、さっきのカツオを軽く炙《あぶ》って、病人にも食べやすくしてくれるという。

それを経木に包んでもらい、吊り下げて、夏木の屋敷に向かった。

永代橋の上には、立待月を眺める人が大勢出ていた。月は上流のほうにあって、小さな家々と比べてひときわ大きく見えた。

夏木の屋敷へ来た。

遅くに来たものだから、門番は怪訝《けげん》そうな顔をした。だが奥にとりついでもどってくると、

「お殿さまがお喜びです」

と、くぐり戸を開けた。

「よう、夏木さん。今宵はなんだか知ってるかい？」

と、藤村が庭先でからかうように訊いた。

「当たり前だ。十七夜だ。立待月だ」

十七日のこの月は、日暮れから一刻（およそ二時間）ほど、出を待つ。いまかいまかと立って待つところから、そう呼ばれるようになったという。

「へえ。知ってたよ。おいらなんかより、夏木さんのほうが風流だ」

「藤村よりはな」

「夏木さん。見せてやるよ。肩を貸しなよ」

「できるかな」

夏木は不安そうな顔をした。

声を聞きつけてやってきた志乃も、心配そうである。

「あ、いいのがあった」

藤村が、夏木の枕元を指差した。このまえ、加賀の爺さんがぴかぴかに磨いていった銅鏡があった。

「あれに映してやるよ」

「できるか」

「できるさ」

月の光は充分に明るく、鏡はたやすくその光をとらえて、縁側から奥で寝ている夏木の顔にと反射光を移した。

「見えた」

と、夏木が言った。

「どうだい？」

「なかなか乙《おつ》だ」

鏡に映った十七夜の、立待月。

「きれいかい」

と、仁左衛門が訊いた。

「ああ、きれいだ」

藤村も仁左衛門も嬉しい。

志乃までも、何度もうなずきながら喜んでくれている。

「できた」

と、夏木が言った。

「何がだい」

と、仁左衛門が訊いた。

「発句に決まってるだろう」

夏木は久しぶりの句を、少し照れた口調で披露した。

立待の月を寝て見る五十路かな

第三話　尚武の影

一

「いったい、なんだって、こんなものを……」

　めずらしく七福仁左衛門が怒っている。滅多に怒らないので、怒るとこれほど胸が苦しいのかと不安になるほどだった。身体のためには怒りを鎮めたほうがよさそうだが、そうはいかない。

　怒っている相手は、老舗の七福堂を継いだ倅の鯉右衛門《こいえもん》である。仁左衛門によく似たちんまりした顔が、ぷいとそっぽを向いている。

「あたしに相談もなく、こんなものをつくっていたなんて」

　畳に叩きつけたのは、女ものの手提げ袋である。ちょっとしたものを入れたりするのに使い、女の外出には欠かせない。七福堂でも、手提げ袋はずうっとつくってきて、とくに紫の縞模様の手提げ袋は仁左衛門の祖父の代からの売れ筋商品である。

値段も張る。七福堂はわりと値も張るが、そのかわり飽きがこず、長く使えるいいものを扱うことで、信頼を勝ち得てきた。

ところが、目の前にある手提げ袋はまるでちがった。

さっき、店の前を通りかかると、客が大声で苦情を言っていた。お得意さまとまではいかないが、ときおり来ていた中年の女である。その女が、

「あんたのところでは、こんな人を馬鹿にしたようなものを売るのかい！」

と、文句を言い、あげくには、

「金、返せ」

と、怒鳴っていたので、仁左衛門が割って入ったのだった。

客が怒るのも無理はない品物だった。

手提げ袋とは名ばかりで、中身は藁《わら》づとのようなものである。それを派手な色の木綿で包んであるが、二、三度使っただけでへなへな、ぼろぼろになるだろう。

しかも、これをこの店で売るだけでなく、卸《おろし》のほうにもまわしたという。

「これを、いくつ頼んだのだ？」

「………」

「言わなきゃ詫びのしようがないだろ」

「頼んだのは三千ですが、まだ二百しかきてないですから」

「誰がこんなもの、つくった？」

こんなものをつくる職人が、江戸にいるのだろうか。まともな職人なら、こんなものは頼まれてもつくらないだろう。

「おやじは知らないところだって」

「あっしの知らないところ？　江戸か？」

「岩槻《いわつき》だよ」

と、鯉右衛門が言うと、それまで離れたところでうつむいていた嫁のおちさが、上目遣いに仁左衛門を見た。

——はは あ。

と、仁左衛門は思った。この嫁は、浅草芸者をしていたのを落籍《ひか》したのだが、出は武州岩槻だったはずである。

今度のことは、嫁がからんでいる。もしかしたら、この嫁が焚《た》きつけたのかもしれない。

近頃、姑《しゅうとめ》のおさととの折り合いも悪いらしいから、それが遠因にもなっているのか。

おちさには、子どもができない焦りがある。それはかわいそうな気もしていたが、その焦りや、子どもができたおさとへの腹いせもあって、

「どぉんと儲けて、おとっつぁんを見返してやろうよ」

そんなことも言ったのではないか。

――いや、待て、待て。

それはたしかな話ではない。自分の息子はかわいいから、どこかで嫁のせいにしたいのだ。仁左衛門は、気持ちを落ち着かせようと、このところ我慢していた煙草を取り出し、火をつけて、ぷうっと一服吸った。

だが、この間をあけたのが、まずかった。

「おやじの言いたいことはわかったけど、引っ込んどいてください」

と、鯉右衛門が反撃に出てきたのだ。

「引っ込めだって？」

「ああ。売れるから大丈夫だって」

「売れたって、あの女のように文句を言ってくるに決まっている」

「きませんよ。あんなのはほんの一部ですって。現に、いままで三十ほど売れましたが、あれのほかには、誰も文句は言ってきてないんだから。おやじのようにびく

びくしながら商売をやってたら、これからの世の中はいけなくなるんだって」

「びくびくだと」

「そうさ。びくびくだよ。たかが一人の女が文句をつけにきたくらいで、なにおたおたしてるんですか。文句言うのが一人いても、喜んで買っていったのが二人いたら、商売は儲かるでしょ。要は、大勢に買わせること。それには、思いきったことをしなくちゃ駄目なんですって」

「まだ、つづける気か」

と、大声を出したとき、後ろにおさとが来ていた。

「あんた、そんなに大きな声を出して」

七福堂の母屋の庭と、仁左衛門たちがいる隠居家とは、塀一枚で隣り合わせている。仁左衛門の大声に、心配になってやって来たのだ。

「あんたの大声を聞いてたら、お腹の子どもがぴくぴくしはじめて」

「えっ……」

お腹の子が動いたと聞いて、仁左衛門はあわてて立ち上がった。

「わかった。もう、帰るよ」

仁左衛門がおさとにそう言うと、倅の鯉右衛門が、

「おとっつぁんは、もう余計な心配はしなくていいですって」

と、後ろから冷たい声で言った。

二

仁左衛門が初秋亭に来たとき、藤村はまだ来ておらず、門を開けて中に入った。隣りが番屋なので、鍵などはかけたことがない。小さな床の間には、もらいものの金の大黒が飾ってあったり、掛け軸も意外にいいものだったりするが、そんなものは誰も気にしない。この家でいちばん大事なものは景色で、ほかのもので飾りたてる気は、三人とも持っていなかった。

仁左衛門は気が晴れない。

来るときも、銀《しろがね》町にある小間物屋をちらりとのぞいてきた。そこは七福堂からも品物を卸している店で、あの手提げ袋もあったが、売れているようすはなかった。あるじに訊こうかとも思ったが、七福堂さんがこんなものをね、と馬鹿にされそうな気がしてやめにした。

いくら安くても、あれじゃあ子どもの玩具《おもちゃ》にしかならない。あるじも長年のつきあいで、仕方なく並べているのだろう。

——なんで、あんな馬鹿に育ったのか。

仁左衛門は情けなくて涙がこぼれそうになった。

子ども時代は、賢くて、自慢の倅だったのである。算盤《そろばん》の上達ぶりは、先生も驚いたほどで、商人よりも学者の道を歩ませてはなどと言われたこともあった。当人も、商いにはそれほど興味を持たないようだった。だが、一人息子だし、代々つづいた老舗である。ずっと、店の仕事はさせてきたのである。

嫁をもらったあたりから、商いにも身が入るようになったので、どうにか店を守りつづけていけるかと思ったのが、このざまである。

そういえば、数ヶ月前にも、そんなようなことは言っていたのである。極端に値が張るものと、極端に安くて使い捨てにできるものと、両方そろえたいなんぞと。そのときももちろん反対し、言い争いにもなったが、その後、鯉右衛門が取り込み詐欺にあったりしたので、この件はてっきり諦めたのかと思っていた。だが、仁左衛門の隙を見て、進めていたのだった。

考えるとますます業腹《ごうはら》なので、頭を振ってこの倅のことは追い払い、二階の窓の外の景色を見やった。

大川の河口が湖のように広がっている。水の景色というのは、どうしてこう人を落ち着かせるのだろう。今日の空は雲が多く、それを映した水面もどんよりと沈んではいるが、見ているうちに興奮は冷めていった。

しばらくぼんやりしていると、下の戸が開いて、藤村かと思ったら、

「どなたかいらっしゃいますか？」

と、声がかかった。

少し面倒な気分だったが、居留守を使うのはまずい。それではよろず相談も他人のお役に立たなくなってしまう。

「あいよぉ」

階下に下りると、身なりのいい町人がいた。

「永代寺の門前のそば屋で、ここの噂を聞きましてね」

そのそば屋は、〈藪《やぶ》そば〉のことだろう。そこのあるじからも、初秋亭のよろず相談の噂がずいぶん広まっているとは聞いていた。

「こちらにおられる元八丁堀のお武家さまは？」

たしかに藤村あってのよろず相談ではあるが、まったく無視されているような言い方で、いささか癪に障る。

「いま、ちっと出かけているが、あっしでも話はわかるぜ」

と言ったのにも答えず、

「では、弓の達人のお旗本もいらっしゃるとか」

中をのぞくようにする。

「ああ、今日はちっと具合がよくねえとかで」

「はあ」

今日はやめようかというつらになっている。

「あのね、あっしも相談に乗るんだよ。このあいだの十七屋の一件なんぞは、あっしの智慧で解決できたくらいなんだから」

「そうですか」

「聞くから言ってみな」

「はあ……」

「あっしに言わないと、藤村さんたちだって動かないよ」

ほとんど無理やり言わせた。

「では、申し上げますが、あたしは永代寺の門前に店を出しています〈若松屋〉という八百屋の多兵衛《たへえ》でございます」

「ああ。漬物なんかも売っている？」

「ええ、その若松屋でございます」

大きな店である。

「それで、当家の裏にある蔵の中から、古ぼけた甲冑《かっちゅう》が見つかったんでございます」

「甲冑？」

「鎧兜《よろいかぶと》でございます。うちがかつては武士の家だったとかいうなら、先祖のものかと思うのでしょうが、あいにくと手前の家は、先祖代々あの地で八百屋をしております。七代ほど前に八百屋を始める前は百姓でした。これは、菩提寺にある過去帳や、墓石を調べてくれたってすぐにわかります。うちのところには、侍なんぞは一人もいません」

と、仁左衛門が相手だからだろうが、なんだか侍に怨みでもあるような口ぶりである。

「先祖に侍がいなくても、誰か、鎧とか武具を集めるような好事家《こうずか》がいたんじゃないですか？」

と、仁左衛門が訊いた。

「いや。あたしにもないし、そんな趣味のあった先祖もいないはずです。いたら、ほかにもそうしたものがあるはずでしょうが、出てきたのはその鎧兜だけですもの」

「それは、たしかにそうですな」

「気味が悪くなりましてね。なんで、こんなものがあるのか？　中に亡霊でも入っていたんじゃないか？　そんなふうに考えたらきりがなくて」

若松屋のあるじは、背も高く、なかなかの偉丈夫だが、怖がりのところがあるらしい。

「どこかに奉納して拝んだほうがいいのかとも思うのですが、いきなり持ち主が現われて、返してくれなんて言われても困るし。それで、こちらの旦那方に、鎧兜があったわけを明らかにしていただけないかと思った次第です」

「なるほど、わかりました」

面倒な話だったら、いちおう控えも取ろうかと思ったが、そうでもない。

「いちおう、ここの仲間に相談するが、たぶん引き受けさせてもらうと思います」

「ありがとうございます。お礼はきちんとさせていただきますから」

「それはまあ、適当なところで。それよりも、若松屋さん。いま、おいくつになられました？」

「へ。あたしは五十八でございます」

仁左衛門より三つ上である。

「隠居はなさらない？」

「なあに、まだ倅が一人前じゃないので、隠居をしたくてもできませんよ」

「そうですか。あたしは、この春に隠居をして倅に家督をゆずったのですが、もうすこし商売を叩きこんでから隠居すればよかったと、最近は後悔していましてね」

「なるほどねえ。だが、このへんでという切り上げは難しいでしょうな。そりゃあ、倅よりもおやじのほうが経験が豊富なのは当たり前ですが、それだったら、死ぬまで隠居なんざできませんし。あたしもそれは、悩みの種です」

「そうですか、若松屋さんもねえ……」

すっかり話が合ってしまった。


そのころ――。

藤村慎三郎は、永代橋のたもとで、入江かな女と立ち話をしていた。かな女は日本橋まで、句会で使う紙を買いに行った帰りだった。

傘を手にしていて、

「降るのかと思いましたが、大丈夫でした」

と、はにかんだ。

藤村は、たもとの、大川が見えるあたりに立ち、いつもより数歩離れてかな女と話をした。というのも、朝飯に韮《にら》の味噌汁を食ったので、口の臭いが気になるからである。なんで朝っぱらから韮なんぞ食わせるのだと文句を言ったら、「康四郎がいま、駆け回っているので精をつけさせるのです」と、冷たくあしらわれた。

ただでさえ、歳をとってくると口が臭くなる。仁左衛門はそうでもないが、倒れる前の夏木さんはかなり臭かった。ああいうのはなかなか教えてくれないので、いつも自分で気にするしかないのだ。

「このあいだ……」

と、かな女が藤村に一歩近づいてきて言った。

「夏木の奥さまの態度が気になったので、ご相談しようと、初秋亭にうかがったのです。すると、どなたもいらっしゃらなくて、どうしようかと思っていたら、隣りの番屋に藤村さまのご子息が……」

「ああ、康四郎」

「はい。康四郎さまが来ておられて、あたしのことを覚えてくださっていたらしく、いろいろ話をさせていただきましてね」

それは初耳である。

そのときの話から、康四郎は発句をやってみたいなんぞと思ったのかもしれない。

「いいご子息ですねえ」

と、かな女は母親のような顔で言った。

藤村は内心で、

――どこが……。

と思う。頼りないし、摑みどころがない。いまどきの若い者に多いらしいが、何を考えているのかわからない。

「発句というのは面白いのですかと訊かれたので、面白いですよ、ぜひ、お父上ごいっしょにと申し上げましたら、習ってもいいけど、父上といっしょにするのは勘弁してくださいって」

と、かな女は笑った。

「冗談じゃない。そんなことは、こっちが願い下げですよ。それより、あいつに発句なんぞ、まだ早いでしょう」

「いいえ、早くはありませんよ」

「そうですかねえ」

何か、引っかかる。

見習いなのだから、本気で仕事に打ち込むべきではないか。

そこへ、康四郎と長助《ちょうすけ》が通りかかった。いまは、本所深川見回りの見習いなので、通りかかっても不思議ではない。

「ああ、父上」

「なにが、ああ父上だ」

藤村はそっぽを向いた。

だが、康四郎は藤村のことなど気にもとめず、かな女に声をかけた。

「芭蕉の句集を買いましたよ。これから暇を見つけて読むようにしますから」

「ええ、ぜひ、じっくり味わってみてください」

と、かな女が言った。

わきからやめろとも言えない。

それにしても、康四郎は平気でかな女の前に行って、話しかけている。韮臭いことを気にしないのだろうか。そもそも若いやつは、韮なんぞいくら食ったって、年寄りのような凄い臭いにはならないのかもしれない。

さっさと立ち去る康四郎の歩く姿が、めずらしく眩《まぶ》しいくらいに見えた。

三

初秋亭に入って、二階に上がっていくと、

「藤村さん、機嫌でも悪いのかい」

階段の上にいた仁左衛門がそう言った。

「やたら難しい顔をして歩いてくるのが、ここから見えたからさ」

「なあに、倅が見習いのくせにくだらぬことをしたがってさ」

藤村は一本だけ差していた刀を外し、床の間に置きながらそう言った。

「くだらぬこと？」

「発句だと」

「そりゃあねえ、おれたちだってやってるんだ」

「そりゃそうか」

と、苦笑した。

よく考えれば、康四郎にあれを習うなどと言えた義理ではない。藤村にも康四郎くらいのときに凝《こ》ったものがある。それは、いま思い出すと恥ずかしくなる。

じつは、三味線に凝ったのだ。三味線を弾いたりする粋な侍は町娘からもてるという話を聞いたのがきっかけだった。

そのころは武家の娘より、あけっぴろげな町娘の愛らしさに魅了されていて、町娘にもてるならと、習ったのである。

父親に叱られるのはわかっていたから、三味線は剣術道場の友人の家に置いてもらい、そこで稽古をしたものである。

あのときは、かなりうまくなった。だが、半年ほど熱中して、ぴたりとやめた。やめたのも単純な理由からだった。やはり愛らしい町娘が、笛を習っている侍を、軽蔑したように言ったのを聞いたのである。

「男のくせに、笛なんてねえ」と。

笛も三味線も同じようなものではないか。

そう思ったら、三味線への熱情がすっと冷えた。熱中していた自分が馬鹿みたいに思えた。それからは、見向きもしていなかったが、康四郎の習い事をやめさせようとしたら、ふいに記憶の底から浮かび上がってきたのだった。

「藤村さんだけじゃないって。こっちも倅には頭を抱えてるんだから」

と、仁左衛門が眉をひそめた。

「子育ては大変だぜ。おいらはさ、死んだおやじがけっこうがちがちの役人で、こまごまとうるさいことを言われて育ったからさ」

「へえ、あのおやじさんがね」

定町回りだったから、おやじの顔はよく知られていた。人当たりはよかったらしいから、仁左衛門は意外に思うらしい。

「だから、おいらは倅はしょせん別人だと言い聞かせ、うるさいことは言わずに我慢したんだ。でも、なんだか危なっかしくてな」

「同じだって」

仁左衛門はおやじが変人だったので、自分はあんな変な人間にはなりたくなかったとよく言っている。藤村は、仁左衛門の父は店の外から見かけていた程度である。だが、愛想のよさはよく似ている。その二人に比べると、いまの代の鯉右衛門はすこし愛想が悪いかもしれない。

「いまさらどうにもならねえしな」

と、藤村は言った。

「そうかね」

「二十歳過ぎた倅を、親がどうにかできると思うか？」

「でも、やらないと心配だぜ」

「おいらは無理だと思うがね。できるのはせいぜい十四、五歳あたりまでだ。おいらたちの子育てはもう終わってるのさ。あとは、あいつらが勝手に学んでいくだけだよ」

「でもよぉ、藤村さん……」

仁左衛門が未練があるのは、何か理由があるのかもしれない。

訳を訊こうとしたら、

「それはそうとさ」と、仁左衛門のほうから話を変えた。

「どうした？」

「永代寺の門前にある……」

仁左衛門から若松屋の依頼の件を聞いた。なんのいわれもない鎧兜というのは、なにやら怪談めいている。

「面白そうだな」

と、藤村が言った。

「若松屋では怖がっているのだから、面白そうというのは悪いよ」

「だが、それほど物騒な話にはならない気がするな」

「やってやろうよ、藤村さん」

「そうだな」

とりあえず、いっしょにその八百屋に向かうことにした。

深川きっての名刹、永代寺の門前町である。

ここはいつも大勢の参拝客や物見遊山の客、ここから先にある深川の遊郭や料亭への客、それからこの町に住む買い物の客などでにぎわっている。

若松屋はその門前町でも中心にあたる二の鳥居の近くにあった。

仁左衛門が言ったとおり、大きな八百屋だった。客の多さもそこらの小さな八百屋とは比べものにならない。料亭や商売人も多く買いにきているのだ。

やっちゃ場から仕入れるだけでなく、直接、船で運んでくる百姓もいるらしい。堀にとめられた、百姓が乗ってきたような船から、野菜の荷揚げがおこなわれていた。

あるじの多兵衛は帳簿を片手に、喧騒の真ん中にいた。

「さっきはどうも」

と、仁左衛門が声をかけた。

「ああ、七福堂さん」

多兵衛も笑顔を見せた。依頼のときの話でずいぶん打ち解けたらしい。

「さっそく見にきたよ」

「ありがとうございます。ささ、こっちです」

ごった返す店を抜けて、仁左衛門と藤村は奥に案内された。

店のわきを抜けていくと、蔵が三つほど並んでいる。手前の二つは戸が開けっ放しで、中の野菜なども見えている。いちばん奥の蔵だけが扉が閉じられていた。

「この中でして」

扉を開けると、漬物の匂いが風のように吹き出してきた。ここは漬物だけを入れておく蔵らしい。

うまいものでもこれだけ集まるとひどく臭い。鼻が臭いで蓋をされたような感じである。

「まいったな」

と、藤村は小声で仁左衛門に言った。

「こっちです」

中二階への狭い階段を上がった。三人で上に行くと、床がぎしぎしいって抜けるのではないかと思うほどである。

「この中にあります」

と多兵衛が指差したのは、古びた桶だった。

「ずっと使わないでおいた桶なのですが」

大きいが、驚くほどではない。もっと大きな桶もいくらも見たことがある。高さはせいぜい五尺（およそ一・五メートル）くらいだろう。かびで白くなったような蓋《ふた》が載っていた。

「開けてもらえますか？」

と、あるじが言った。腰が引けている。

「脅かすなよ」

そう言いながら、藤村が開けた。

頭のようなものが見えて、一瞬、どきりとするが、それが兜である。その下に赤銅色の鎧が見えていた。

鎧びつには収まっておらず、それだけで座ったような格好になっている。地面にへたりこんだようである。

「いったん出して、また入れ直しておきました」

と、多兵衛が言った。

「この桶は、いつからここに？」

と、藤村が訊いた。

「桶自体はだいぶ前からありました。でも、少なくともあたしの代になってからは、この桶は使ったことがないですね」

「見つけたときは蓋がしてあったんだな？」

「ええ。あたしが、何の気なしに開けてみたら、これがあったのでぶったまげた次第です」

蓋が開いていれば、鎧兜に積もった埃が参考になるが、蓋がしてあったのでは、埃もたまっていなかっただろう。

もしかしたら、百年もここにあったかもしれない。

「それにしても、凄い兜ですな」

と、仁左衛門が中をのぞき込みながら言った。五月の節句などに飾られたりする武者人形の鎧兜とはだいぶ趣が違うのである。赤糸縅《おどし》とかいった色鮮やかな糸などはほとんど使われていない。いくぶん飾りはあるが、ほとんどは鉄だか銅だかの地金がそのまま露《あら》わになっている。

「あたしだって、初めてこれを見たときは、何かと思いました。鎧兜だとわかったのは、これを引っ張り出して、触ったりしてからです」

兜の前部にかたどられているのは、どうやら蝶々らしい。羽に擬《ぎ》せられたところは金銀や螺鈿《らでん》で彩られて、素晴らしくきれいであり、豪華である。

よほど名のある武将のものなのか。

「いいものなんですかね」

と、多兵衛が藤村に訊いた。

「さてな」

正直、藤村にはわからない。

「売ったら百両ほどになったりして」

多兵衛には、恐怖のほかにもそんな期待があったらしい。

「そうだ。こういったものに詳しいやつを知ってるので、そいつを連れてきて見てもらうよ。持ち主を知る手がかりになるだろうから」

藤村がそう言うと、仁左衛門はすぐにうなずいた。夏木の三男の洋蔵のことだと、わかったのだ。

「そうですか、お手数をおかけしますが」

「ほかの桶は大丈夫だな」

「ええ。あとは漬物ばかりです」

ひどかった臭いも慣れてくると、それぞれの臭いが嗅ぎわけられるようになってきた。うまそうな匂いもある。

「これは味噌漬けだな」

と、藤村が出口の近くで足を止めた。

「すこし持っていきますか？」

「いいのかい？」

これから夏木家に行くのに、ちょうどいい手土産になった。

外に出ようとして、多兵衛が帳場のほうをのぞき、

「あ、ちょいとお待ちを。女房にも礼を言わせますから」

と、女房に声をかけた。

客らしい男と話していた女房が呼ばれてやって来ると、

「あら」

と、女房が二人を親しげに指差した。

こっちも見覚えがある。

「なんでえ、お知り合いでしたか？」

「かな女さんの句会で、何度かお会いしましたわよね」

「そうでした」と、藤村も思い出した。

「童の心の童心さんと、こちらは恐ろしいくらいにたくさんつくる七福堂の仁左衛門さん」

「そりゃどうも」と、仁左衛門が照れた。

それから半刻（およそ一時間）後——。

藤村と仁左衛門はもう一度、若松屋の蔵にいた。今度は、夏木の三男坊の洋蔵もいっしょである。洋蔵は、本物の骨董屋も一目置くほどの、骨董や古物の目利きだった。

「どうでえ、洋蔵さん？」

と、藤村が訊いた。

「わたしは、鎧兜のほうは、それほど詳しくはないのですが」

と言いながらも、桶の中から出した鎧と兜を丹念に調べている。

「夏木さんとこは、もちろん鎧兜はあるんだろ」

と、仁左衛門が訊いた。

「そうですね。いちおういくつかは物置に入ってます」

「さすがだよ。おいらのとこには、そんなものはねえもの」

と、藤村が言った。八丁堀の同心の身分は中途半端で、正式の士分ではなく、足軽と同格なのである。なにせ、戦場に引っ張り出されれば、せいぜい胴丸と兜とはとても言えない笠みたいなやつをかぶるくらいだろう。

「この鎧兜は、武者人形のやつとはずいぶんちがうよね？」

と、仁左衛門が訊いた。

「ええ。当世具足といって、南蛮風のものが流行りだしたあとのものですから」

「よく見るやつよりも、いいものなのかい？」

「それはいちがいに言えませんよ」

「なるほどね」

と、仁左衛門はお愛想で訊いているような問いだから、簡単に引き下がる。

かすかに鉄砲弾が当たった痕もある。これで戦《いくさ》にも出たようだ。それは、関ヶ原の合戦か。あるいは、大坂の役か。その後、島原でも戦があったはずである。

さらによく見ると、擦《こす》った痕や、叩かれたようなへこみまである。

「戦場で叩かれるというのも変ですね」

と、洋蔵は言った。

なんだか、八百屋の漬物蔵から、古い歴史が立ちのぼってきたようである。

平和な時代が長く、武士といっても、誰も戦さの経験がない。初めて真剣を持ったら、あまりの重さで自分の足を切ったなどという話もいまやめずらしくはないのだ。八丁堀の同心などはたまに悪党相手に斬り合いをすることもあるから、まだ心構えはできているほうだろう。

「よほど名のある武将のものかい、洋蔵さん？」

と、藤村が訊くと、

「信長かい、まさか太閤ということは？」

仁左衛門が当てものでもする調子で言った。

「いやあ、それほどのものではないと思いますよ」

「そうなんですか？」

若松屋多兵衛は、そう言われるとがっかりしたような顔をした。気味は悪いが、値打ちものを期待していたらしい。

「細工は三流」

と洋蔵は、手厳しい。

「材料もよくないですね」

「じゃあ、売りに出したとしても、買い手もつかないくらいかい？」

と、仁左衛門が訊いた。

「そうですねえ、思いきり奇を衒《てら》っているので、好事家のうちにはかなり欲しがる人もいるかもしれません」

「いくらくらい？」

洋蔵はもう一度、ためつすがめつして、

「せいぜい二両がいいとこ」

「そんなもん？」

三人とも拍子抜けである。

「これがこの蔵に置いてあったんだけどさ、骨董を漬物の蔵に入れておくといいとか、そういうことってあるのかね？」

と、藤村が訊くと、洋蔵は、

「とんでもない。おかしなカビがうつったりしますから、こういうところに入れてはいけませんよ」

刺身に砂糖をかけて食おうとしている者を叱るような調子でそう言った。

結局、洋蔵の鑑定は若松屋からちぐはぐな期待を取り除くだけで終わった。

外に出て、歩きだしながら、

「洋蔵さん。お父上の調子はどうなんだい？」

と、藤村が訊いた。夏木は、藤村たちの前ではけっして弱音を吐かない。

　それどころか、冗談なども言って、元気なところしか見せまいとしている。

さっきも洋蔵を連れてくるとき、今度の依頼について説明すると、

「八百屋に鎧兜とのう。菊人形のかわりに野菜人形でもつくろうとしたんじゃないか」

などと言って、笑っていた。

だが、本当のところは、そう明るくいられたものではないはずである。

「そうですね。やはり、焦りはあるみたいです。いろいろやってはいるのですが、左半分はまったく動きませんから」

「やっぱり、そうかい」

と、藤村はうなずいた。

「寿庵先生もつねづね、長丁場とは言ってるんだが、病人からすると焦っちまうん

だろうなあ」

と、仁左衛門が言った。

くれぐれも焦らないように言ってくれと洋蔵に頼み、永代橋のたもとで別れた。

後ろ姿を見送って、

「洋蔵さんはいい息子だな」

と、仁左衛門が言った。

「ああ。でも、何年か前は暴れて大変だったそうじゃねえか」

「そうか、そんなことも言ってたねえ」

「だが、男は嫁をもらうと変わるしな」

「それは言えるね。康四郎さんは、どういう女が好みなのかね？」

「そんなことはどうでもいいさ」

藤村は思わず、苦虫を噛みつぶしたような顔になった。

四

三日ほど、八百屋の鎧兜について、いろいろと調べたのだが、あそこにあった理由というのが、なかなかわからない。

あるじ夫婦と、長男と次男、それに手代が三人と小僧が三人、それから手伝いの婆さんが一人と、若松屋の全員に話も聞いた。誰も知らないというし、誰も嘘を言っている気配はない。

菩提寺の過去帳も見たし、墓石も読んだ。

ほんとに、ずっと百姓、町人の家柄である。

だいたい、ここらは門前町で、しかも元禄以降の埋立地が多い。町人の町なのだ。

「まいったな、仁左」

「あっしも十七屋のときみたいに、頭が働かねえ」

「悪事につながりそうもねえところが、謎解きも難しくさせてるのさ」

「そういうもんかね」

「そういうもんさ」

と、藤村はぼそりと言った。

仕方なく、二人で若松屋の近所を歩いてみた。

角を曲がったところで、

——ん？

と、藤村の足が止まった。

「どうしたい、藤村さん？」

「ほれ」

と、藤村が顎で示したのは、質屋だった。のれんには〈玉木屋〉とあり、店先に、

「質物は八ヶ月限りで流します」

と、大書してある。

「質屋なら、鎧兜があっても不思議じゃねえぜ」

「まったくだ」

まだ、明るいので、この時間は客も少ないのだろう。間口が大きいわりには、客が一人、質流れの品をからかっているだけである。

横目で見ながら一度、通り過ぎた。

「おい、仁左。ここは、通りこそ縦と横で別だが、奥のほうでは隣り合っているんじゃねえのか？」

「えっ、そうかい？」

角のところには小さな下駄屋があって、婆さんが店番をしている。その隣りは煙草屋で、これも店はちんまりしている。その次はこの質屋だが、これは奥に質草を

入れる蔵があるはずだから、当然、奥行きもある。

次に八百屋の通りのほうだが、角の一つ隣りには楊枝屋がある。楊枝屋は浅草に多いが、ここも浅草の楊枝屋を倣《なら》って、器量のいい看板娘を置いている。この向こうが八百屋の若松屋になる。

つまり、八百屋の若松屋と、質屋の玉木屋のあいだには、楊枝屋、下駄屋、煙草屋の三軒があるが、これらはどれも奥行きのない二階建てなので、若松屋と玉木屋とは奥で軒を接しているにちがいないのだ。

「こりゃあ、摑んだな」

藤村はそう言って、もう一度、質屋の前に来た。

「仁左、おいらはちょっと話を聞いてみるが、あんたは他人のふりをして話を聞いててくれ」

「わかった」

藤村はのれんをわけた。

店の前にいるのは、客の相手をしている手代と、もう一人、なにやら見るからにふざけたような感じがする若者である。引きずるくらい長い羽織を着て、頭が妙な感じにちりちりしている。これは、近頃、一部の若いやつのあいだで流行っている髪で、わざと巻き毛にしたものなのだ。

「若旦那……」

と、藤村は声をかけた。

「はい」

と、こっちを見たところ、若旦那にまちがいないらしい。

「ちょっと訊きたいことがあるんだがね」

「なんですかい？　面倒なことには答えられませんぜ」

話しかたも、いかにも小生意気である。

「じつは、家に先祖伝来の鎧兜があるのだが、ここで引き取ってもらえるかい？」

と、藤村が言うと、若旦那はいきなり手を横にぶらぶらさせ、

「だめだめ、鎧兜はだめでさあ。買い手がないんだから。そういうのは、お武家さまが多いところの質屋に持って行ったほうがよろしいです。ここらは町人ばっかりだもの。以前もあったけど、誰も買いにきませんでした」

「へえ、その鎧兜はまだあるのかい？」

「さあて、あっても蔵の奥にあって、探す気にもなりませんよ」

と、面倒な客は早く帰れと言わんばかりである。

そこに、店の奥から、あるじらしき男が出てきた。

「どうかなさいましたか？」

こっちの物腰はていねいである。

「いや、いいんだ。ちょっと訊きたいことがあっただけだから」

客のふりをして質流れを見ている仁左衛門をちらりと見て、藤村は外に出た。
四、五軒先に行って、仁左衛門がもどってくるのを待っていると、なかなか帰ってこない。
仕方ないので、もう一軒先に水茶屋があったのでそこに腰を下ろし、煙草に火をつけて待つことにした。

まもなくして、

「いやあ、いい話を聞いたよ」

と、仁左衛門が小躍りしてもどってきた。

「藤村さんが出ていくと、すぐに親子喧嘩が始まったんだよ。さすがに通りに遠慮をして小声の喧嘩だったけど、あっしはちゃんと聞いたよ。まちがいねえ。若松屋の鎧兜は、あそこの若旦那のものだよ」

「どういうことだい？」

「喧嘩ってえのはこうさ。いまのお客はなんだったのだ？　なあに、先祖伝来の鎧兜を持ち込むって言うから、そんなものは武家地の質屋に持ってけ、と。そんなことはわからんだろう、どうして物を見ないんだ？　見たって同じさ、おやじだって前に、くだらねえ鎧兜を預かって、どうにもならなくなっただろうが。馬鹿だな、ああいうのは、なにか騒ぎがあったとき、ぽんと売れたりするんだ、そういえば、あの鎧兜はどうした？　知らないよ。知らないじゃないよ、お前、いつだったかあれを着てたらしいじゃないか。おっ母に聞いたぞ。おっ母が夢でも見たんだよ。そんな馬鹿な。うるせえな……と、こんな具合だったのさ」

「なるほどな」

じつにいい話を聞き込んできた。

藤村はもう一服、煙草に火をつけ、

「さて、あの軽薄そうな若旦那が、なんで若松屋の裏に、鎧兜を持っていったかだ？」

「それが不思議だな」

仁左衛門はこのところ、煙草を我慢していて、藤村の口元から流れる煙を、うまそうに吸い込んだ。

「よう。仁左……」

「どうしたい？」

「若松屋には倅は二人いたけど、あれで全部か？」

「全部？」

「そうだよ。娘はいないのか？」

「娘がいたとすると……夜這いかい？」

「あの若旦那だもの」

「なんで、夜這いに鎧兜を？」

仁左衛門にそう訊かれて、藤村の脳裏に、鎧兜を着込んだ影がゆらゆらと夜の庭を歩いている光景が浮かんだ。戦のむごたらしさは微塵もない、昔話でも聞くようなほのぼのした味わいがあるような気がした。

「それはわからんよ。だが、あいつがなんで、髪の毛をわざとちりちりにしてるかなんて、あいつにだって理由は説明できないぜ」

藤村はそこまで言って、これでわかったというふうに立ち上がった。

藤村と仁左衛門は、その足で若松屋に行った。

あるじの多兵衛は、この日も混雑の真ん中で、帳簿に字を入れながら動きまわっている。

「若松屋さん。ちょっと……」

　と、藤村と仁左衛門は、多兵衛を店の外へと連れ出した。外聞の悪い話になるかもしれない。

「わかったんですか？」

「たぶんね」

「もしかして、あんたのところにもう一人、家族はいねえかい？」と、藤村が訊いた。

「えっ」

「娘さんがいたりしねえかい？」

「いますが、娘はいま、親戚の家に預けてあって……」

「いつごろまでいたんだい？」

「もう半年ほど前になりますが」

「ところで、おたくの奥は、向こうの通りの、質屋とくっついているよな」

「………」

「あそこの質屋に、いかにも軽薄そうな若旦那がいるけど……」

「あ」

多兵衛の顔が、ひきつったようになった。

「質屋なら、鎧兜があっても、なんの不思議もねえ」

「もう、いい。旦那」

と、多兵衛が藤村の袖にすがるようにした。

「この話は終わりにしてください」

「いいのかい？」

藤村は、静かな声で訊いた。

「ええ、けっこうです。これ以上は、突っついていただかなくても。あ、いま、お礼を」

「いいよ、そんなものはあとで」

「では、あとで。後日、うかがいます」

多兵衛は、寝た子を起こしてはいけないというような顔をして、そろそろと店にもどっていった。

「やっこさんは、わかったらしいね」

と、仁左衛門が笑いながら言った。

「もうちっと、わからねえところもあったんだがな」

藤村は実際、聞き足りない気分だった。

五

その翌朝、早く――。

「藤村さま、いらっしゃいますか？　七福堂さんは？」

と、下の玄関で誰かが呼んでいる。

藤村は昨夜、初秋亭に一人で泊まった。芭蕉の句集をじっくり読むためである。

いま、康四郎も芭蕉の句集を読んでいる。あいつに何か言われて知らなかったりするのも癪である。負けじと読んでおきたいが、家で本を開いていると見つかったりするので、ここで読むことにしたのだった。

「誰だい、こんなに早く？」

降りてみると、若松屋の多兵衛がいるではないか。

「昨日は失礼しました」

「なんでえ、もう用事はねえって言っただろ」

「そう、おっしゃらずに。じつは、また面倒なことが起きてしまいまして……」

と、泣きそうな顔で言った。

若松屋に丈吉《じょうきち》という若い手代がいたが、その丈吉が蔵から外に放り出しておいた鎧を着て、いなくなってしまったのである。

出たのは、昨夜の遅くではないか。小僧が小便に起きたとき、丈吉が鎧を着て出ていくところを見たのだという。

「寝ぼけてたんじゃねえのか？」

「いえ、丈吉もいませんし、兜はありましたが、鎧が消えています。それに……」

「なんでえ？」

「丈吉はここんとこ、すっかり元気をなくしていて、なんか妙なことをしでかさなければいいがと、心配していたところでした」

「捜したのかい？」

「ええ。店の者全員で手分けして、半刻ほど捜してますが見つかりません。こういう人捜しなら、藤村さまがお手のものだろうと」

「冗談言うなよ」

と言いながらも、藤村は刀を一本だけ差し、朝まだきの深川の町に飛び出している。今朝は冷え込んでいて、歩くとすぐ、足袋《たび》が欲しいくらいだった。

「鎧をわざわざ着たのかい？」

「そうみたいです」

「丈吉ってえのは、質屋の馬鹿息子みてえにふざけたやつではねえんだろ」

「真面目です。真面目すぎるくらいで、もうちっと遊びでもやればいいのにと思うくらいです」

「正直に言ってくれよ。よそに預けたという娘とその丈吉って男とのあいだは？」

「はい。いっしょにさせようと思ってましたが、娘が嫌がって……」

「なるほどな」

と、藤村は言った。だとすれば、鎧を着る理由もある。

藤村は足を速めた。

若松屋の前を通りすぎ、蓬莱橋を渡って、洲崎のほうへ急ぐ。

「わかったので、藤村さま？」

「おそらくな」

鎧は重しにしたのではないか。それで海に浸かるつもりなのだ。

いったん洲崎神社につづく土手に駆け上がると、そのまま海辺のほうへ下りる。

草の生えた海辺を駆けると、波打ちぎわにうっすらと黒い影が見えた。

「あれだ」

「そうです、丈吉です」

じゃぶじゃぶと海にわけいると、そう沖でもない、まだ膝あたりしかない水の中で、丈吉が仰向けになっていた。情けない顔をしている。

「丈吉。お前……」

若松屋の多兵衛は絶句した。

「旦那、申し訳ありません。おしんさんに愛想づかしをされたいま、生きる気力もなくなってしまいまして。海に浸かって死のうと思ったんですが、わたしは泳ぎが達者なんで泳いでしまうんじゃねえかと思いまして。ところが、ここまで来たら、つまずいて転んでしまい、このとおり、岩場に鎧がはさまって、動けなくなりました。ひたひたと波が迫ってくると、今度は恐ろしくなってきて、なんて馬鹿なことをしちまったんだと……」

情けなさそうな顔でそう言った。

「よかったじゃねえか。馬鹿なことだと気づいたのに死んだりしたら、あの世でも悔やみっぱなしだぞ」

多兵衛は、挟まった鎧を引っ張りはじめる。藤村もそれを手伝いながら、おかしかった。なぜなら、ちょうどいまが満潮だから、ここで動けなくなったこの男はどうせ死ぬことはできなかったのだ。

ずぼっと鎧が抜け、丈吉は立ち上がった。

岸のほうへともどりながら、藤村は小声で多兵衛に言った。

「おしんというのが娘だな？」

「はい。言うことを聞かない娘で嫌になります」

「質屋の若旦那とできたってか？」

「いえ、あれとはそうでもなく……」

「まだ、ほかにいるのかい？」

「まったく、面倒な娘でして」

昼間、帳簿を持って歩きまわる顔からは想像できないような、思い悩む顔になった。

ここにも子どもに頭を抱える親がいる。

「それにしても、あんたの娘はよくよく男にもてるらしいね」

おそらく、見ることはないであろう娘は、やはりいまどきの、妙な髪形と派手な着物を着ているのだろう。

徐々に明るくなってくる道を、初秋亭にもどってくると、家の前に仁左衛門と洋蔵が立っていた。

嫌な予感がした。

「どうした？」

「夏木さんが」

と言いながら、仁左衛門と洋蔵は歩きだしている。そのまま、藤村も歩みを並べる。

「また、倒れたのか？」

胸の真ん中を鷲摑みにされた気分である。

「そうじゃないんです」

と、洋蔵が答えた。

「おやじが昨夜、ひそかに腹を切ろうとしまして」

「なんだって」

「気配を感じた母がすんでのところで飛びついて、なんとか刀を取り上げました」

「志乃さまに怪我は？」

「すこし、手を切ったくらいです」

「よかった」

「おやじは、やはり動かない左半身に業《ごう》を煮やしたみたいで」

「そうか」

「あの人の決意を変えてくれるのは、藤村さんや七福堂さんしかいない。洋蔵、お二人を呼んできてと、母から頼まれました」

藤村は歩みを進めながら、

――本当にそうか。

と、思った。自分たちは、夏木の決意を翻《ひるがえ》させることができるのか。

すぐさま、屋敷へと駆け込むと、いまは騒ぎも一段落したところなのか、夏木の部屋には志乃がいるだけだった。志乃の左腕は包帯が巻かれ、首から吊るされている。それほど軽い切り傷でもなかったらしい。

藤村と仁左衛門を見ると、布団の上でいつものように背中をもたれさせて座っていた夏木は、小さく頭を下げた。

「すまぬ。心配ばかりかける」

「なに言うんだよ、夏木さま。だめだよ、死ぬなんて、あんまりだよ」

と、仁左衛門が泣きながら言った。

「仁左。そなたとわしは違う」

「えっ」

仁左衛門がたじろぐくらい、ぴしりと言った。

「わしは武士だ。自らの命は自らで決める。ぶざまな姿はさらしたくない」

「………」

仁左衛門は返す言葉を失ったらしく、藤村をすがるように見た。

藤村は何も言えない。

夏木の気持ちもよくわかるのだ。

この先、どこまで回復するのか。いや、それよりもどれだけ周囲の手を煩《わずら》わすことになるのか。それを思ったとき、命に未練を持たないということを誇りにしてきた旗本の夏木が、町人の仁左衛門があっけに取られるくらい恬淡《てんたん》と、命に別れを告げようと思うことは、当然、予想できた。

木っ端役人と陰口をきかれる八丁堀の同心とは、ふだんの覚悟もちがうのだ。

藤村は黙って、夏木の動かない手を見ていた。

ふいに、志乃が崩れるように、夏木の膝元に伏し、

「あなたはもう、隠居なさった身でしょう。それでも武士うんぬんを言い、わたくしを一人残して逝《い》くのですか！」

詰まった喉を切り裂いて取り出したような、悲痛な叫びだった。

それからしばらく、志乃の泣き声が尾を引いた。

志乃の泣き声がおさまるのを待って、藤村がようやく口を開いた。

「夏木さん。死ぬのはいつだってできるさ。死なないでくれと頼む人がいるあいだは、おれたちも生きていようぜ」

一語ずつ区切るように、藤村慎三郎はそう言った。

六

今月のかな女の句会は、大川の河口周辺でおこなわれた。もしも天気が崩れた場合は、初秋亭を会場として提供することになっていたが、朝から気持ちよく晴れ渡り、狭いのではという心配もせずにすんだ。

この句会で、藤村と仁左衛門は思わぬ人と会った。

永代寺門前の八百屋、若松屋の女房が、娘のおしんを伴《ともな》ってきたのである。めずらしく若い娘が交じっていると思ったが、若松屋の女房から、

「これがうちの娘でして」

と言われたときは、思わず目を瞠《みは》ってしまった。予想していた娘とは、まるでちがっていたからである。

もっと、いかにも蓮っ葉で、派手な化粧と装いをした娘を想像していたが、おしんはむしろ化粧っけも乏しく、目元が涼やかな賢そうな娘だった。かすかな笑顔ははかなげで、繊細な壊れ物のようでもあった。

質屋の若旦那とも、手代の丈吉とも似つかわしくなかった。といって、こういう娘に似合う男は、まったく思い浮かばなかった。

ただ、色白で美しい顔立ちを見ただけでも、多くの男たちは自分に似つかわしいかどうかはともかくとして、夢中になってしまうだろう。

「店にもどられたので？」

と、藤村が母親のほうに訊いた。

「いいえ、今日だけです。この子が、発句をつくってみたいと申しましたので」

と、母親が言った。この母親も、よく見ると、八百屋のおかみさんというには、

線が細すぎる気がした。

句作に励みながら、川っぱたを歩きまわるうち、藤村はおしんと向かい合う機会に出会った。母親が近くにいなかったので、藤村はさりげない調子で訊いてみた。

「お店の蔵にあった鎧兜なんだがね」

「ああ、あれ……」

すぐにわかったらしい。

「質屋の若旦那が忍んできたときに着てきたのかい？」

「いいえ」

と、おしんは笑わずに首を横に振った。

「あの人、あれを着て、喧嘩に行ったんですよ」

「喧嘩に……あんなもの着ていたら、逆に動けないだろう」

藤村はあきれた。

「そうなんです。重くて、よく動けないもんだから、さんざん痛めつけられて、やっとこさ、あたしのところに逃げてきたんです。やられたから、介抱してくれって。甘えてるんですよ。だって、あの人は馬鹿ですもの」

と、おしんは言った。馬鹿という言い方には、軽蔑だけではない感情もうかがえた。

おしんが遠ざかると、今度は見ていたらしく、かな女がやってきて、

「魅力のある娘でしょう?」

と、言った。

「不思議な感じがな」

「ええ。あの娘を責めるのは簡単だけど……」

かな女は、いろいろ事情も知っているらしい。

「責める?」

「藤村さまも、すこしはご存知なのでしょう?」

「ああ」

たぶん、男出入りのことだろう。

「ふしだらとか言うのは簡単ですが、あたしはあの娘のことがわかる気がするんです。自分でもわからない何かを求めているんじゃないのかしら?」

「ふうむ」

藤村は正直、わからない。

女の側の闇の話なのかもしれない。

それよりも、あとで披露されたおしんの句が、かな女や他人の評はともかくとして、凄くわかる気がした。

永代をくぐって速き鷗《かもめ》かな

羨ましいほどの若さを感じた。

七

そのころ——。

夏木権之助は、秋の日が差す布団の上に座って、もう一刻以上、右手で膝の上にのせた左手を揉んでいた。

肩から指先までゆっくり、ときに撫ぜるように、ときに潰すくらいに強く、揉みほぐしていた。

期待がふくらんでいた。

まるで感覚を失ったはずの左手に、先ほどかすかな、本当に桜の花びらでも落ちるときの音ほどの、小さな感触があったのである。

汗が出てきていた。

その汗が額から垂れて、眼に入るのもかまわず、左手を揉みつづけていた。

——あ。

もう一度、何かを感じた。

心の中で、弓を摑もうと思った。

すると、ほんのわずかに指先が、

ぴく。

と、動いた。まるで小さな芽が出てきたようだ、と夏木は思った。

第四話　起死の矢

一

深川熊井町の番屋が強い風で揺さぶられていた。隣りにある火の見櫓《やぐら》がぎしぎしと不気味な音を立てている。

十一月も末の、冬真っ只中である。夕方からひどく冷えこみ、今年いちばんの寒さだと、町中の人たちが挨拶がわりにそう言い交わしていた。

見習い同心の藤村康四郎は、その番屋で火鉢を抱きかかえるように暖を取っていた。

母親の加代が襟巻を巻いていけと言うのを鬱陶《うっとう》しがってしてこなかった。やっぱり無理せずにしてくればよかったと思った。

たぶん、隣りの初秋亭には、おやじが来ている。今日は襟巻もしてきただろうから、それを借りようか。だが、おやじの襟巻を身につけるというのも、なんだか爺むさい。それよりは、寒いほうがましだった。

「康さんは、寒がりだからな」

康四郎のようすを見て、いっしょに見回っている長助が訛《なま》りのある口調でそう言った。鮫蔵の手下なのだが、気軽な友だちのような物言いである。実際、歳も同じだし、性格はちがってもどこか気が合って、友だちのような関係ができつつあった。

「長助が異常に寒さに強すぎるのさ」

「そりゃあ、あっしは常陸《ひたち》の海っぱたの生まれだもの。いっつも風にさらされて育ったようなもんでさあ」

「へえ。そうなのか」

こうも寒いと、見回りのときも、どうしたって番屋にいる時間が長くなる。もう一杯、白湯《さゆ》で温まるかと、火鉢で湧いた湯を茶碗に注いだとき、

ばん。

と、腰高障子が開いた。同時に風が、部屋じゅうに掠《かす》れたような音を立てた。

「なんでえ」と、康四郎が言った。

番屋には、康四郎と長助のほか、歳のいった番太郎も二人詰めていて、四人がいっせいに男を見た。

男は戸口の前で真っ青な顔をしている。震えているのは、寒さのせいだけでもなさそうである。

こういうやつは、人を殺してきたりする。

康四郎は緊張した。刃物でも持っているのではないか。とりあえず、手には何もない。

「おたまが殺される。あたしが、殺してくれと頼んでしまった」

男は、外に突っ立ったまま、そう言った。

「なんだって」

と言って、康四郎はもう一度、男をよく見た。

歳は三十二、三といったところか。眉が濃く、大きな鼻で、奉行所の与力になってもしっくりきそうな顔だが、いまの表情には気弱らしい性格があふれ出ている。

「おたまというのは誰だい？」と、長助が訊いた。

「弁慶屋のおたまです」

康四郎は番屋の中を見回した。番太郎たちも首を横にかしげた。ここにいる誰も、弁慶屋のおたまというのは知らない。

「殺してくれと、誰に頼んだ？」

そこまで言ったとき、何かが男の首にとまった。一瞬、鳥に見えたが違った。男の首に矢が突き刺さっていた。その先は反対側にまで出ている。

男は大きく目を剝《む》き、声も上げずに真後ろに倒れた。

「ひぇっ」

番太郎の一人が、小さな悲鳴をあげて、腰を抜かした。

「くそっ」

康四郎が外に飛び出そうとすると、長助が手首をすばやく摑んで、

「康さん。すぐに飛び出すと危ねえ」

と、言った。摑まれた手首が痛いほどである。

「そうか……」

康四郎は戸口の陰でかがんで、外の気配に耳をすました。風がごうごうと通りを吹き過ぎている。

長助が台所にあった鍋をつかみ、頭を守るようにしながら、夜の乾いた道に埃をまき散らしながら転がった。

そのまま、矢が来たほうを見つめる。


「島田町の……」

二の矢は来ない。

「大丈夫だ」

康四郎は「死体を見張っててくれ」と番太郎に言い残して飛び出し、矢が来た方向に駆けた。鍋を放り投げ、長助もつづいた。

「康さん、気ぃつけて」

「おう」

夜の道を二人の若者が、緊張をみなぎらせて走る。

康四郎はいつでも抜けるよう、刀に手を添えている。長助は長さ二尺（およそ六十センチメートル）ほどの樫《かし》の棒を持っている。

いまは戌《いぬ》の一つ（午後七時〜七時半）あたりだろう。町木戸が閉まるには早いが、この寒さで歩いている人はほとんどいない。

角を曲がった。右は行き止まりで、左にしか行けない。本当なら、角は大きく曲がったほうがいい。康四郎はうっかりしてぎりぎりのところを曲がった。

眼前に男がいた。巨大な体軀である。

「おっとっと」

慌てて立ち止まった。もしもさっきの曲者なら、矢を打ち込まれていた。

「なんだ……」

影に見覚えがある。

「よう、康四郎さんに長助かい」

と、聞き慣れただみ声がした。見覚えがあるどころではない。深川の鮫、岡っ引きの鮫蔵がいた。

「親分、ここで何を？」

長助がほっとしたような笑顔で言った。ふだんは鋭い目つきをしているが、鮫蔵と話すときだけは、少しだけ甘えた口ぶりになるのだと、康四郎は思った。

「さっき、気になる男を見かけたんでな。弓矢みてえなものを持っているように見えたので、追ってきたんだが、見失った」

「弓矢……それだ」

と、長助が言った。

「なにがそれだよ」

「いま、番屋でも殺しがあって」

「なんだと」

「この道を逃げて行ったやつは？」

と、康四郎が訊いた。

「いや、いなかったぜ」

この風で常夜灯も危なくてつけられない。町家のわずかな灯が洩れる道を遠くまで見透《す》かしても、人けはない。

どこか横道に入ったのだ。

「まだ追いますか、康さん」

長助が訊くと、鮫蔵がわきから、

「いや、無駄だ。それより康四郎さん、番屋にもどりましょう」

急いで番屋に引き返した。

番太郎が呆然と立っているそばに、物音で何かあったとわかったのか、初秋亭から康四郎の父の藤村慎三郎が出ていて、死体のわきにいた。襟巻を耳まで巻いて、背を丸くしている。

「よう。鮫蔵、面倒なやつが出てきたぜ」

と、藤村が言った。

鮫蔵がかがみこみ、刺さっている矢を見た。

「黒い羽だ……」

と、鮫蔵がつぶやいた。

「黒羽錦二郎《くろばねきんじろう》かね」

と、藤村慎三郎がうんざりした声で言った。

二

翌日――。

風はすっかり吹き去ったらしく、暖かい陽が差している。

昼近くになって、初秋亭に七福仁左衛門がやって来た。

「藤村さん。なんかあったのかい？」

隣りがものものしいのに気づいたのだ。番屋の中にはまだ、昨夜の遺体が横たわっているはずである。

「ああ、人殺しだ」

「へえ、あっしらの出番もありそうかい？」

と、仁左衛門はすこし嬉しそうな顔で言った。

初秋亭のよろず相談は、ここひと月以上、つまらない依頼がつづいていた。喧嘩の仲裁が二件。食い逃げを見張る仕事が一件に、猫捜しが一件。このほか、いい若いもんから恋文を届けてくれないかという依頼があったが、それはさすがに、

「てめえでやれ」

と、断わった。恋文くらい届けられねえで、いざとなったらやることもやれんだろうがと。

だが、依頼の中身がつまらないからといって、断わるわけにはいかない。当人はそれで悩んだり困ったりしているので、解決すれば、ちゃんと喜んでもらえるのだ。現に、恋文以外の四件については、ちゃんと引き受けた。

逆に、大きなできごとは初秋亭の手に負えない。もちろん、人殺しなどは、むやみに首を突っ込めば、奉行所のほうも迷惑である。

「仁左、今度のはどうにもならねえ」

「そうか。すこし残念だけどね」

と、仁左衛門は未練がましく、二階の窓を開け、隣りの番屋を見下ろした。

「あ、菅田さんが、鮫蔵といっしょに来たぜ」

なるほど、下から菅田万之助の大きな声が聞こえてきた。本所深川回りの同心で、康四郎の上司である。

「どれどれ」

と、藤村もついのぞいてしまう。今日は康四郎はいっしょではなく、鮫蔵が眠そうな顔でついてきている。

「降りてみるか」

「そうしようよ」

仁左衛門は興味津々である。

降りていって、

「よう」

と、声をかけた。引退した元同心でも、昨夜、死体を目の当たりにしたのだから、簡単な事情くらいは訊いても、気を悪くされたりはしないだろう。

「藤村さん。昨夜はお騒がせでしたな」と、菅田が言った。

「なあに、後ろ姿でも見ていたらよかったんだがな」

おかしな気配を感じて、すぐに二階から下を眺めたのだが、康四郎と長助が走っていく姿しかわからなかった。藤村ができたのは、降りていって、首を射貫《いぬ》かれた男が死んでいることを確かめただけだった。

「やっぱり黒羽だったかい？」

と、藤村は菅田に訊いた。

「ええ。奉行所で、前の殺しのときに使われた矢と照合しました。同じです。黒羽錦二郎にまちがいありませんね」

「江戸にもどってきやがったんだ」

「五年ぶりですかね」

かつて、もう少しで正体に迫りそうなところまで追いつめたが、江戸から逃げられてしまった。どうも、京都にいるのではないかという噂がちらほらとあったが、なにせ顔も知らない相手で、どうしようもなかった。

「殺された男はわかったのかい？」

と、今度は鮫蔵に訊いた。

鮫蔵は小さくうなずいてから、

「店の名が入った下駄をはいていましてね。霊岸島の油問屋で、山崎屋伊兵衛《やまざきやいへえ》という男でした。そう大きな店ではありませんが、安い油を主に扱っていて、客足が絶えるときはありませんや」

「ふうむ」

「女房は？」

「いました。その女房に訊いたのですが、弁慶屋のおたまなんてのは知らないそうです。ただ、陰に女がいるかもしれないとは、薄々思っていたそうです」

「ふうむ。深川かね？」

「いや、深川にはいませんね」

と、鮫蔵は断言した。

「弁慶屋というのは深川に二軒あります。そば屋と小間物屋でさあ。どっちにもおたまという女はいねえ」

深川を知り尽くした鮫蔵の言葉である。まちがいはない。

となると、厄介である。江戸じゅうを捜しまわらなければならない。一刻も早く見つけなければ、弁慶屋のおたまは黒羽錦二郎に殺される。

そこまで聞いて、藤村は仁左衛門をうながし、初秋亭の二階にもどった。

「どうもよくわからねえよ、藤村さん」

「そうだろうな。さっき、話に出ていた黒羽錦二郎ってえのは、殺し屋なんだよ。金で人殺しをうけおう悪党さ」

「げっ」

と、仁左衛門が呻《うめ》いた。

「それで、昨夜、殺された山崎屋ってえのが、錦二郎に弁慶屋おたまを殺してくれと頼んだのさ。だが、結局は怖くなって、止めてもらおうと、おそらくは通りすがりの番屋に飛び込んだ」

「それがこの熊井町の番屋だった……」

「だが、黒羽錦二郎は、そんな依頼人の気持ちなど知り尽くしているわな。あとをつけ、案の定、番屋に飛び込んだところを射殺したのさ」

「なるほどね。錦二郎は、金はもらったのかね？」

「おそらく、多くて半金はもらっただろうな」

「それなら弁慶屋のおたまてえのは、もう大丈夫なんじゃないのかい。依頼人のほうを殺しちまったんだから、いまさら危険を冒しておたまを殺す必要はないはずだもの」

「それが、殺し屋というのはそうはいかないのさ。依頼は完全にやりとげるということを、他の者にも知らしめなくちゃならねえ。これからの仕事のためにもな」

「では？」

「必ずやるさ」

「それにしても、殺し屋なんてほんとにいたんだね」

「そりゃあいるさ」

と、藤村はこともなげに言った。

「……やくざだって性質の悪いやつは、金ですぐに人を殺すぜ。ただ、黒羽錦二郎はやくざじゃねえ。やくざがあいつに仕事をまわしてるのさ」

「怖いやつだね」

「もっと怖いことを教えてやろうか？　錦二郎は元は神主だったという噂もあるんだぜ。神頼みに来るやつの話を聞くうちに、正義感に目覚めたというか、金儲けになると思ったのかねえ。とんだ神さまもあったもんだよ」

「いつも矢を使うのかい？」

「ああ。これがたいした名人でさ。楊弓《ようきゅう》の強力なやつを使うんだけど、一町ほど先から胸板を射貫いたこともあるぜ」

「夏木さんみたいだな」

「実際、あまりの腕前なんで夏木さんに疑いの目を向けた南町の同心もいたくらいさ。あんな名人はそうはいねえからな」

「そりゃそうだ」

と、仁左衛門もうなずいた。

「はっくしょん」

と、夏木権之助がくさめをした。

「風邪ですか」

と、寿庵が座ったままの夏木の足先に鍼《はり》を打ちながら訊いた。左足にずらりと二十本ほど鍼が打たれ、先ほどから足先もぴくぴくと動きだしている。

「いや、誰かわしの噂をしているのだ。おおかた藤村か仁左だろうが」

「いいお仲間で羨ましいくらいですな」

「なんせ、尻の青いときからの付き合いだからさ。気取ったって、お里が知れてるもの」

次に、鍼の刺さった足をそのままにして、左腕に鍼を打ちはじめた。

すっと刺し、鍼の頭を軽くとんとんと叩く。指先がぴくんぴくんと動く。足よりもずっと反応は大きい。

足と手を打ち終え、しばらくしてから打った順に、手早く抜いていく。

いちおう布で拭くが、血はほとんど出ていない。

「どうですか？」

と、寿庵が訊いた。動かしてみてくれというのだ。

「うむ」

と、まず足を動かそうとする。さっきはずいぶんぴくぴくしていた足だが、いざ動かそうとすると、すこしだけ強《こわ》ばったようになるだけである。

「わかりました。次に手を」

「ああ」

と、左手を動かしてみせる。ゆっくりだが、左肘が直角になるあたりまでは曲がる。指のほうは、軽くだが握ることができるようになった。

足に比べると、手はずいぶん感覚を取り戻している。

「素晴らしい。夏木さま、そろそろ歩く稽古を始めましょう。手を動かせるなら、棒を使って、足も動かすことができますぞ」

「うむ……」

だが、それは志乃たちに身体を支えてもらわないと無理である。支えきれないと、もんどり打って倒れかねない。それが恐怖に感じるのだ。

「そっちはもうすこし経ってだな」

夏木にはめずらしく、途方に暮れたような口ぶりで言った。

三

初秋亭に行こうとして、仁左衛門は通りに出たところで、ふと足を止めた。七福堂の前に娘たちの人だかりがあったのだ。

仁左衛門はどきりとした。また、粗悪な品のことで文句を言いにきているのではないか。しかも、これほど大勢で。

ちょうど、鯉右衛門の嫁のおちさが、人だかりのあいだを抜け、こっちにやってきた。

「これ、おちさ」

「あ、お父さま」

ふいに澄ました顔になった。浅草で芸者をしていたときは、いつも澄ました顔をしているので人気があったと聞いたことがある。美人でなくはないが、なにぶんにも薹《とう》が立っている。倅よりも四つ、おさとよりも十ほどは上である。

「また、文句を言われてるんだろ。あの手提げ袋で」

「ちがいますよ。前から売っていた紫の縞模様の手提げ袋がありましたでしょ」

「ああ、あれはあたしの祖父の代から売っているもので、文句を言われたことなんざ一度もありませんよ」

と、胸を張った。

「文句じゃありませんよ。あの手提げ袋を売ってくれと来てるんです。なんでも、紫が流行っているうえに、なんとかかと言った絵師が描いたあの手提げ袋を持った美人画が売り出されたみたいです。昨日から、若い娘たちが殺到してるんです」

「へえ」

長いこと商売をしていると、それまでたいして売れていないものが突然、爆発的に売れたりすることもある。今度もその類だろう。

「でも、在庫はそんなにないだろう？」

「はい。ですから職人に注文を急がせに行くのと、いつも卸《おろ》している店でまだ在庫があったら、それも引き上げてこようと思って」

「ふうん。そういうときはやけに動きが速いね」

と、嫌みを言った。

「ぐずぐずしていられませんもの」

「そういうときは、お客をある程度は待たせるというのも手なんだけどね」

と、仁左衛門は言った。そうすることで、飽きっぽいお客の気持ちを、長くつなぎとめることにもなったりするのだ。

——そんな機微も教えないまま、家督を譲ったのか。

と、仁左衛門は思った。


藤村が一人で初秋亭にいたところに、顔なじみになった裏長屋の隠居から、またおかしな依頼が入った。先日はこの隠居から猫捜しを頼まれたのだ。

「あんたには絶対に解けないと言われた詰め将棋があってね。そうぬかしたやつをぎゃふんと言わせたいので、なんとか解いてもらえないかねえ」

と言ってきたのである。

その詰め将棋を盤に並べ、うんうん頭をひねっていると、

「藤村さま。うちの親分がもしお手すきだったら、来てもらえねえかと。なんでも、相談したいことがあるんだとか」

鮫蔵の子分で、又吉《またきち》というのがそう言ってきた。

このところ、鮫蔵には頼みごとばかりしている気がしていたので、将棋はそのままにして鮫蔵がいるというところに急いだ。

連れていかれたのは、富ヶ岡八幡の先にある三十三間堂のさらに奥、島田町というところだった。ここらは料亭やら、あやしげな店などが立ち並ぶ一画だが、鮫蔵はその中のそば屋の二階にいた。手下がもどると、そば屋のあるじが嫌な顔をしてそっぽを向いたので、鮫蔵はいつものようにごり押しでここに陣を構えたのだろう。

二階に上がると、

「藤村の旦那、ご足労願って申し訳ねえ」

と、たいして悪びれたようすもなく言った。

「なあに、いいってことよ。それより、黒羽の件かい？」

こんな呼び出しがかかるくらいだから、おそらくそうだろうと踏んできた。

「ええ、向かいにある仕舞屋《しもたや》ですがね」

「あれか」

と、藤村は鮫蔵の視線の先を見た。仕舞屋というより、元は船宿を営んでいたのではないか。小さな二階建ては明らかにそんな造りである。

「あっしは、黒羽はたぶん、江戸にもどって、深川に住まいを構えたんじゃないかと思いましてね」

藤村もそう思った。殺された山崎屋もだから霊岸島から深川を訪ねてきたのだ。

「それで、深川じゅうを洗い出したんですよ」

「どうやって？」

深川といっても広い。何万人という町民がこの町で暮らしている。一人ずつ調べていった日には何年かかるかわからない。

「このところ荷物もなしに越してきた野郎で、毎日、ぶらぶらしている男はいねえかと調べさせたんでさあ」

「なるほど。そりゃあ、あんたじゃねえとできねえな」

何人もの手下がいて、鮫蔵の名を出せば、奉行所の名よりも睨《にら》みがきく。そういう鮫蔵だからこそ、偽りのない話も浮かび上がってくる。

「その網にひっかかってきたのがいましてね。ただ、あっしも黒羽の野郎は見たことがねえ。ちっと旦那に見てもらって、往年の勘を働かせてもらえたらと思ったんでさあ」

「おやすい御用だぜ」

鮫蔵と並んで、窓際で茶をすする。ちゃんとした茶葉を使っている。嫌々、場所を貸したが、粗末に扱うとどんでもないことになると、そば屋のあるじの気持ちがよくわかるお茶である。

しばらくして、仕舞屋から一人の男が現われた。

「あれです」

「ああ」

「竹二郎《たけじろう》と名乗ってます。京都で修業をした板前だそうで」

竹二郎とやらは、歳は四十ほどか。中肉中背といった体格だが、肩のあたりの筋肉はよく発達している。夏木権之助もああいう肩をしている。顔は、わりと端整で、いくらか下がりがちの眉は、殺し屋などという物騒な仕事を連想させたりはしない。

「見た目はちゃんとしてるな」

「そうなんで」

もっとも、見かけでどれだけ騙されてきたか。

竹二郎は柄杓《ひしゃく》を手にしていた。家の前に、盆栽が三つ並んでいた。松と楓と梅のようだ。

「今朝、買ってきたやつです」

と、鮫蔵が言った。

竹二郎はその盆栽に水をやった。すでに陽は昇っていて、水遣《や》りにはいい時間ではない。だが、買ったばかりの盆栽にやたらと水をやりたくなるのは、藤村もこのところの庭いじりでよくわかる。

ちょうど、四、五歳ほどの男の子の二人づれが、通りかかった。

「…………」

何か話しかけたが、聞こえない。

笑顔である。子どもも屈託ない表情で何か答えた。

――こいつかもしれない……。

と、藤村は思った。根拠は何もない。ただ、勘だけである。罪を犯したやつらは数限りなく見てきた。そのほとんどは、罪を犯さずに済んでいる連中と、そうはちがわない。表情に後悔と怯えとが加わっているだけである。身を守るための凶暴さをまとっている者もいる。それだって、まとっていたものを脱げば、意外にひよわな元の顔が現われてきたりする。

だが、ときおり、何食わぬ顔の底に、途方もなく冷たい心を感じさせる連中がいる。それは、何食わぬ顔そのものに出てきているのだ。もっとも、そういう顔は罪を犯していない人の中にも多く見かける。罪はわりに合わないことを知っているが、犯さざるをえないときは、平然とそれがやれてしまう顔。

前の仕舞屋にいる竹二郎は、後者のほうの男に見えた。

藤村は、子どもを見送る竹二郎を見つづける。竹二郎は、周囲を見回すこともなく、そのまま家の奥に引っ込んだ。

藤村の背にすっと冷たいものが走った。

——こいつは見張られているのを知っている……。

これも勘である。さっきの勘よりさらに根拠はない。

しかし、それを言えば、張り込んだ鮫蔵がとんだ間抜けになっちまう。

「どうですかい、旦那？」

鮫蔵が訊いてきた。

「まだ、もうちょっと見ねえとな」

と、答えた。

それからまもなくしてである。

見張っている仕舞屋のさらに裏のほうで、騒ぎが起きた。わあわあと大勢の喚き声がしている。仕舞屋の裏は、三十間川と川の名があるが、いわゆる掘割である。

そのさらに向こうではないか。

「なんですかね」

と、鮫蔵も気にした。

たとえ裏は堀でも、竹二郎がいるところの真裏である。何か関わりのある騒ぎかもしれない。

やがて、煙も上がりはじめた。重そうな黒い煙である。臭いまでしてきた。

鮫蔵は我慢できなくなって、

「行きましょう、藤村の旦那」

「おう」

と、藤村も立ち上がった。

「野郎が出たら、必ずあとを追えよ」

鮫蔵は残っている手下二人にそう命じた。

燃えているあたりに行くには、ぐるりと入船橋、汐見橋の二つを渡らなければならない。

ここらは、夜になるとにぎわうが、いま時分はほとんど人けがない。だが、騒ぎに大勢集まっていて、水をかけたりしている。すぐわきが堀だから、水を汲むにはつごうがいい。

「どんどんかけろ」

「おい、人が燃えてるぞ」

騒ぎをかきわけて、中に飛びこんだ。

あらかた火は消えた。

「げっ、これは……」

燃えたのは一部だけだが、そこに黒くなった死体が後ろの壁にもたれていた。

しかも、その黒くなった死体には、ぶすぶすと七、八本もの棒が突き刺さっているではないか。

なんとも異様な光景だった。

「矢だぜ、これは」

後ろで野次馬の誰かが言った。

「ここは……」

と、藤村は家の中を見回した。ここは、矢場だった。

矢場というのは、このころ、江戸で流行した遊技場で、小さな的に、楊弓で射る矢を当てて遊ぶところだった。弓は八寸、矢は九寸。たいして威力もないうえに、矢の先は丸くなっている。

ここにはたいがい、年頃の愛らしい娘がいて、放った矢を取りにいくときのお尻の振り具合が、客の入りを左右するようなところもあった。

盛り場に多く、もちろん江戸でも有数の行楽地であるここ深川永代寺の周辺にもたくさんあった。この通りにもほかに、三、四軒はある。

その矢場で、小さな矢をたくさん射られて死んでいた。

「これじゃ、弁慶の立ち往生だぜ」

と、また野次馬の誰かが言った。たしかにこれで立っていれば、平泉《ひらいずみ》で矢を浴びながら立ち往生し、火をかけられた弁慶とまるっきり同じである。

「弁慶だと」

鮫蔵が唸るようにつぶやいた。

「まさか、こいつが弁慶屋のおたまか」

と、藤村も言った。顔も着物も焼け爛《ただ》れたようになっているが、帯や足元を見ても、女であることはすぐにわかる。

「死んでるのは、この矢場の女か？」

と、鮫蔵が後ろにいた野次馬たちに訊いた。

「いや、こんな太くはなかった。もっとちっちぇえ娘だった」

「あ、来た、来た。もどってきたぞ」

野次馬たちが道をあけたあいだから、小柄な娘が怯えた顔を出した。

「これって、いったい……」

「この矢場の者だな？」

と、鮫蔵が訊いた。

「はい、どうしたんですか、これ？」

「おめえこそ、店を放り出して、どこに行ってたんでえ？」

「はい。さっき、十人ほど遊んだ分のお金はあげるから、一刻（およそ二時間）ほど、ここで一人で遊ばせてくれって言われて」

「それが、この女だな」

と、鮫蔵は焦げた女を指差した。

「た、たぶん」

そう言って、娘は吐くために、もう一度、野次馬たちをかきわけた。

報せを受けて駆けつけてきた本所深川見回りの菅田万之助が、すでに芝にある塗り物屋の大店、弁慶屋の若い女あるじが、おたまという名だと調べてあった。そこですぐに芝の弁慶屋から、番頭が連れてこられた。

「おめえんとこのおたまにまちがいはねえな？」

「ありません」

遺体を上目づかいに見て、手ぬぐいを口にあてたままうなずいた。

「深川に来るとは？」

「言ってました。何日か前まではひどく怒っていたのですが、使いの者が来て、呼び出されると急に機嫌がよくなって、いまから深川に行ってくると」

「女あるじが、そんなに店を空《あ》けてもいいのかい？」

「いいのかと言われましても。先代が亡くなってからはずっとそんな調子でやってきましたから」

ただ、おたまには商才があり、始終、店を留守にすることはあっても、店の動向はちゃんと把握していたという。

「山崎屋ってえのは知らねえかい？」

「ああ。昔からの付き合いです」

どこか物見遊山に行ったときに知り合ったらしいが、おたまの父が相手の男を気に入らず、無理やり別れさせたこともあったという。

相手の男もいったんは諦め、山崎屋というところに婿養子に入ったのだが、いつごろからかまた、焼け棒《ぼ》っ杭《くい》に火がついた。

「それからは、始終、すったもんだがあって、おたまさんは相手に金を貸したりもしていたのではないでしょうか」

番頭たちはいろいろ傍で見たり、聞いたりはしていたが、おたまというのはあまり他人の言うことに耳を傾けない、我の強い性格だったようだ。

番頭を帰したあと、

「結局、山崎屋は追いつめられたあげく、誰かに殺してもらいたいということになったわけだね」

「痴話喧嘩あたりまではめずらしくもないがな」

「それで、おたまは山崎屋を騙《かた》ったあいつに呼び出された。呼び出したのはすぐ裏手、てめえの部屋から矢で射殺すことができるてえんだから、あきれたもんだぜ」

「野郎にしちゃ、ずぼらをきめこんだものだな」

藤村はそう言ったが、何か解《げ》せない気もした。

「じゃあ、このまま、番屋までしょっぴくことにします」

「おいらは、離れて見さしてもらうぜ」

なにせ現役ではない。罪人を縛る立場にもない。

「おい、竹二郎……」

と、鮫蔵が踏み込んだ。

藤村は、野次馬のような顔をして、玄関の外から眺めている。

竹二郎は、のんきなつらで瓦版を広げながら、ゆっくり茶をすすっていた。

「おい、神妙にしやがれ」

鮫蔵は、有無を言わさず縛りあげようとしたが、

「親分さん。あっしが何をしたとおっしゃるんで？」

と、鮫蔵の手首をつかんだ。かなりの力らしく、鮫蔵の手が止まった。もっとも
このままつづけたら、鮫蔵の怪力に勝てるのは相撲取りくらいなものだろう。

「とぼけるな。ここから矢を放って向こう側にいる女を射殺しただろうよ」

「向こうの女？　何をおっしゃっているのか、さっぱりわかりませんが」

と、竹二郎は薄い笑いを浮かべて言った。

鮫蔵はちらりと窓を見て、縛ろうとする手をとめた。

向こうはたしかに矢場だが、店先には大きな衝立があるのが見えている。火事騒
ぎはあったが、あの衝立は壁がわりの大きなもので、動かしてはいない。

おたまがいたのは、ちょうどその向こう側である。

もしも、ここから矢を放っても、奥にいるおたまには当たらないのだ。どうやっても衝立に当たってしまうのである。

しかも、こっちから見て気づくのは、掘割の端に植えてある桜の木がかなり邪魔臭いということである。いくら葉を落とした裸木とはいえ、枝ぶりのあいだを抜けて矢が飛ばなければならない。

「どこに女がいたんです？　見えもしねえ女に、どうやって矢を当てるんです？　しかも、弓矢なんざ、どこにあるんですかい？」

鮫蔵の目を見たまま、竹二郎は言った。

藤村のところから見えているあたりに弓矢なぞはない。そう言うからには、二階にもどこにもないのだろう。

「ううう……」

鮫蔵は唸《うな》った。

たしかに、そうなのである。いくら豪腕の悪徳岡っ引きでも、白を無理やり黒にするのは容易なことではない。罪人として裁くためには、ほかの者が見ても納得する証拠や状況がなくてはならない。

拷問の脅しという手もあるが、実際の話が、拷問などやたらと許されるものではない。

「てめえ、なにやら策を弄《ろう》しやがったな」

鮫蔵は、まだ摑まれていた竹二郎の手を振り払った。

ふん縛るのは諦めたのだ。

やりとりを見ていた藤村は、

——野郎がやったんだ。

と、確信した。それはまちがいない。あの鮫蔵に脅されて、びくともしない胆力は、人殺しというきわめつきの修羅場を、幾度となく経験してきた男ゆえの無神経が支えているのだ。この世と、ここに生きている人というものを、塵芥《ちりあくた》のように、いや、それよりもさらに汚らわしいもののように見てしまった男の無神経。

だが、野郎がやったことを証拠づけるのは難しい。

「こいつを徹底して見張れよ。どこに行ってもぴったりつきまとえ。けっして見失うんじゃねえぞ」

鮫蔵は三人の手下たちに、吐き捨てるように言った。

四

藤村は疲れて、初秋亭にもどってきた。

あのあと、鮫蔵と三十間川のそばに立ち、殺しの現場を確かめながら、二人でさんざんやつの手口を考えたのである。

「弱い矢を射るのはどうかな？」

と、藤村が言った。衝立の上をひょろひょろと越え、落ちるように向こう側のおたまに突き刺さる。

「いや、そりゃ駄目です。矢はけっこう深くまで突き刺さっていたもの」

鮫蔵が首を横に振った。

「ほんとにあそこで殺されたんでしょうか」

と、鮫蔵が言った。

「どういうことだい？」

「もっと手前にいるところを、ぶすぶすと矢を突き立てられ、死んだおたまを誰か別のやつがそこに引っ張りあげてから火をつけた……」

言いながら、鮫蔵は自分で首を横に振った。

いくら人けが少ないといっても、白昼堂々、そこまで大胆なことはやれないだろう。

「ほかに武器は使ってねえのかな？」

と、今度は藤村が言った。あんな小さな矢が身体に当たっても、一矢だけでは即死は難しいだろう。すると、痛みと恐怖で騒ぎ立てたりする。逃げようともする。

だが、おたまの身体にはいくつもの矢が突き刺さっていた。

別の方法で殺しておき、死んだおたまに矢を射かけたのでは？

「藤村さんの疑問もわかる。だが、竹二郎が朝、盆栽を買ってきてからは、一度も外に行ってないのはまちがいないんだ」

「うむ」

「それと、おたまもあそこにはそう長くはいねえんだ。矢場の娘に頼み、一人きりになってすぐ、おたまは殺されてるんだよ」

「まいったな」

「まいったさ……」

謎を解かなければ、お縄にはできない。

「あっしが張ってさえいなきゃ、野郎はふん縛れたんだが」

と、鮫蔵が悔しがった。

「そうじゃねえよ、鮫蔵。野郎は知っててやったのさ、あんたが張ってるのを」

言いたくないが言った。

「なんだって」

鮫蔵はやはり、激しく怒った。その怒りにはもちろん、悪党に利用され、出し抜かれた口惜しさが混じっている。

そんなやりとりで、ぐったり疲れたのである。

初秋亭には仁左衛門が来て、将棋盤と向き合っていた。

「解けたかい?」

「いや、まだ。それより、どこに行ってたんだい?」

「じつは……」

と、さっきの話をして聞かせた。

「あらら、やっぱり弁慶屋のおたまは殺されちまったんだ」

「菅田たちが芝の弁慶屋にたどり着いたときは、おたまはもう、出ちまってたってわけさ」

「竹二郎は臭いねえ」

「臭いなんてもんじゃねえ。野郎が下手人にまちがいねえんだ」

と、藤村は目の前の将棋盤を叩こうとした。

そのとき、さっきは解けなかった詰め将棋が、ふいに解ける気がした。

「あ、この横から桂馬《けいま》を打つと……」

とんとんとうまくいく。そおれ、詰んだ。桂馬の威力だ。

「待てよ。桂馬だって……」

脳裏に不思議な進路が見えた。まっすぐ行って、斜めに曲がる。

「藤村さんよぉ」

と、そばで仁左衛門が言っている。

「弓矢のことは、名人の夏木さんに訊いたほうがいいんじゃねえのかい」


「桂馬だと？」

と、夏木が笑いながら言った。

「そう。桂馬のように矢が飛んでくれたら、野郎はおたまを殺すことができるんだ」

藤村がうなずいた。

これまでの状況はすべて夏木に話した。

夏木は面白そうに藤村と仁左衛門の話を聞き、

「まずは、矢を見せてくれ」

と、言った。

「そうくるだろうと思ってさ」

藤村はちゃんと準備してきた。殺しの現場には、おたまの身体に突き刺さり、しかも焼かれて黒くなった矢のほかにも、離れたところに刺さっていた矢が三本残されていた。そのうちの一本を、菅田に頼んで貸してもらったのだ。

「これだよ」

と、包んできた矢を夏木に渡す。

「これか……ほんとに？」

夏木の顔が曇った。

何の変哲もないふつうの矢である。わずか九寸。あの焼けた矢場で使っているのも、これと同じということだった。ただし、矢場の矢とちがって、鋭い鏃《やじり》がついている。

「これを桂馬のように、ひゅうっと曲げることくらい、夏木さんくらいの名人ならできるんだろう？」

と、藤村が訊いた。

「いや、これじゃあ無理だ」

と、夏木はがっかりしたように言った。

剣にさまざまな秘儀、奥儀があるように、弓にもそれはある。一時期の夏木はそうした技を習得するのに、必死になった時代もある。

いちばん熱心にやったのは、矢摑みである。自分を狙って射られた矢を、目の前でつかむ。源平時代あたりの古文書に登場するこの技を、夏木は来る日も来る日も稽古した。そして、ついにそれはできるようになったのである。

その矢摑みに比べたら、藤村が言う技は、簡単すぎるほどの技だった。

それを使ったのだろう、と。

夏木もこの話を聞いて、じつはすぐにそれを思った。

だが、矢を見たとたん、想像がちがっていたことを悟った。

「そうか、駄目か」

藤村が腕組みをした。

夏木もまたすまなそうな顔になったのを見て、仁左衛門があわてて言った。

「あんまり、考えこんじゃ駄目だって、夏木さま。身体にもよくないぜ」

その言葉に、いっしょにいた志乃も、

「そうですよ」

と、言った。

「いや、わしも藤村の話を聞いたら、その竹二郎がやったにちがいないと思う。だから、できそうにないことを、どうにかしてやったんだ」

「そうなんだ」

と、藤村がうなずいた。

「藤村、見取り図をつくってくれ」

「わかった、すぐつくる」

藤村が紙と筆を探そうとすると、

「そうではない。詳しい、正確な図が欲しいのだ。堀の幅や部屋の長さ、衝立の場所もよくわかるようなやつだ。それらの互いの距離が正確にわかるやつを見たいんだ。ええい、この目で見れば、わかるんだが……」

夏木は右手で左手を忌《いま》々しそうに叩き、

「そうだ、こういうことは洋蔵ができるはずだ。あいつは寸法をはかることの大事さを知っている。志乃、洋蔵を呼んできてくれ」

　と、言った。


　夏木権之助に藤村と仁左衛門が呼び出されたのは、それから二日後のことだった。鮫蔵や菅田のほうも、あれ以上のことはわからないまま、竹二郎にぴったり張りついたままだという。

　このままなら、そういつまでも竹二郎だけを、見張っているわけにはいかない。江戸には次々とよからぬ出来事が起きるのである。竹二郎は監視を解かれ、のうのうとそこらを歩きはじめるだろう。

「夏木さんはわかったのかな？」

「あんまり期待しちゃかわいそうだって。病人なんだから」

　道々、そんな話をしながら来たのである。

　今日は、夏木の布団のわきに、志乃だけでなく、三男の洋蔵もいた。

「わかったぜ」

　藤村と仁左衛門の顔を見て、夏木は嬉しそうに言った。横で洋蔵も、大きくうなずいた。

「ほんとかい？」

「まず、この図面を見てくれ」

「ほう」

と、藤村と仁左衛門は唸った。見事な図面である。綱を持っていき、それであちこちの寸法を測ったうえで、それを小さく縮小してこの図面をつくったのだという。

「凄いね、洋蔵さん」

仁左衛門が心底、感心して言うと、

「いや」

と、洋蔵は短く照れた。

「いいか、よく見てくれ」

夏木の言葉に藤村と仁左衛門は図面を見やった。

「見えないところにいる人間に矢を当てるのは、じつはさほど難しくない。ただし、それがどこらにいるかをちゃんとわかっていればだがな」

「ほう」

「しかも、的が人間となると、動く。声も立てる。それを封じたうえで、射殺《いころ》さなければならない。そこで、この衝立の裏に入ったおたまのわきに、最初の矢をここに射る」

　と言いながら、夏木は図面の上を右手の指でなぞり、衝立の後ろの壁に当てたようにした。実際、そこにも一本の矢が刺さっていたのだ。

「おたまは驚き、こっちに逃げようとする。すると、やつはまた、衝立ぎりぎりに反対側の壁に当てた」

「あ」

　と、藤村がつぶやいた。そこにも実際に矢があった。

「これで、おたまは左右どちらにも動けなくなった。だが、人はこういうとき、物陰のすぐ裏に隠れたがる。だが、それをさせると、殺すのは難しい。そこで、三本目の矢を、衝立の下、ぎりぎりのところに放つ。これで、おたまは衝立のそばにも、恐ろしくて近寄れなくなる」

「たしかに……」

　そこにも矢はあったのだ。

「さて、ここからだ」

　と言って、夏木は洋蔵にうなずきかけた。

　洋蔵は立ち上がり、部屋の隅に置いてあった楊弓を取って、夏木のそばに座った。

「庭のあそこに白い石があるだろう」

「ああ」

ここからは七、八間ほど先である。高さは一尺ほどか、ほかの石組からぽつんと離れ、どことなく清国《しん》あたりの岩山を連想するようなかたちをしている。

「じつは、あの裏に的が隠してある。それをいまから、狙う」

洋蔵が弓を持ち、寄り添う。それにひっつくようにして、夏木がつがえた矢を右手で引き、狙いを定め、
ひょぉう。

と、放った。

「あっ」

藤村も仁左衛門も思わず声が出た。

矢は驚くほど大きな弧を描き、しかも凄い速さで石の陰に消えた。

とん。

と、かすかな音がした。

「見えなくても、矢が当たった手ごたえというのはわかるのだ。わしもわかるし、そやつもわかっただろう。あとは次々に射るだけだが、今日はやめにさせてもらう。

洋蔵、持って来てくれ」

　洋蔵は庭に下り、石の後ろからふだん弓矢の的でよく見る、いくつもの円を重ねた的を取り上げた。見事に真ん中を射貫いていた。

「お見事」

　仁左衛門が思わずそう声をあげると、

「ほんに」

と、志乃も声をあげ、それから藤村と三人で拍手をした。

「いやいや。照れるではないか。それよりもその矢を見てくれ」

「ほう、これは」

　矢は羽根が変わっていた。大きな矢羽根が斜めについているのだ。

「これで風を切って飛べば、矢は大きく曲がる。この矢がおたまの身体に刺さったのだが、やつはその後、いっさいの証拠を消そうと、火矢を放った。それで、おたまの身体に刺さった矢の羽根は焼け、まわりに刺さった矢だけが残ったのだ」

「それがあれか」

「ところが、この図面で見るに、この矢を射るのはわしでも難しいと思った。いや、わしでもできぬかもしれぬと」

「なんだって」

旗本きっての弓の名人を、殺し屋が陵駕するというのか。

「ここの距離が短いのさ。窓から矢を放ち、衝立のここにいるおたまを射貫くには、相当に矢を曲げなければならぬ。それができるかと考えたら、わしはこの推論にも自信がなくなった」

「おいおい」

と、藤村も不安になった。

「だが、こやつはわしよりも凄い腕なのかと思ったら、こんなすべもあることを思いついた。いいか、こやつはこの窓辺で矢を放ったのではなく、この家の玄関に近いここまで下がって、矢を放ったのさ」

「えっ」

それは、図面で見ただけでも、至難のことに思えた。

「いや、こやつは絶対にここから射た」

と、夏木はまた、図面の上を指でなぞった。

「この格子が入った窓を抜け、人けのない堀の上の空を過《よ》ぎり、桜の枝ぶりのあいだをくぐり、大きく曲がって、ここにいるおたまにぶすり」

「なんと」

藤村はため息をつきながら、目をつむった。目の奥を、まるでつばめのように、小さな矢が大きな弧を描いて青い掘割の上を飛んだ。

「恐ろしい腕だよ。だが、どれほどの名人上手であっても、七本全部を命中させることは無理だ。何本かはしくじったはず。だから、格子をよく調べてくれ。おそらく、いくつか鏃の刺さった痕《あと》が見つかるはずだ」

「凄いぜ、夏木さん。これで完璧だ」

藤村は立ち上がった。いまからすぐに、鮫蔵にこの推論を教えてやるつもりである。

「夏木さん。最後に一つだけ」

と、仁左衛門が言った。

「なんだな？」

「弓矢はなかったらしいぜ」

夏木が前のようにいかにも楽しげな笑い声をあげた。

「おい、仁左。弓矢なんざ木でできてるんだぞ。折って火にくべればただの焚き木じゃないか」

この翌日——。

夏木のおかげで面倒な殺しがすべて解決し、黒羽錦二郎もお縄にした。まだ、竹二郎は口を閉ざしたままだが、黒羽に殺しを斡旋したやくざがすべて白状し、竹二郎が錦二郎である証拠もぞくぞく出てきているという。

このお礼と見舞いをかねて、夏木のもとに大勢がやって来たのである。

藤村と仁左衛門はもちろんだが、奉行所から与力が一人と菅田万之助、見習いの藤村康四郎、それとずいぶん遠慮はしたが、すでに面識のある岡っ引きの鮫蔵も連れてきていた。

与力がまた、奉行所の人間とは思えぬくらい口が達者で、夏木の推論をほめるわ、ほめるわ、夏木だってほめられたら嬉しいに決まっているから、いやはや病床とは思えぬくらいにぎやかになったものである。

ちょうど同席していた医者の寿庵も、この機嫌のよさに乗じて、

「夏木さま。明日あたりから、歩く稽古も始めましょう」

「そうじゃな」

と、約束を取りつけてしまった。

最後に一同がもう一度、庭へまわって、夏木の弓矢の妙技を見せてもらうことになった。これがまた、あまりにうまく命中するものだから、夏木も次々に矢を放ってくれる。

それを見ながら、藤村が仁左衛門に訊いた。

「よう。そういえば、どうしたい、例の倅のほうは？」

「どうにかね。ちょうど娘っ子たちのあいだで、紫色が流行りだしていてさ」

「そういえば、よく見るな」

町に紫色が氾濫しはじめたのは、藤村も薄々感じていた。娘たちの流行はあっという間に移っていくので、そう長いことではないだろうが。

「ちょうど、七福堂がつくっていた紫の手提げ袋があって、これがぐんぐん売上を伸ばしてきてるのさ」

「そりゃあ、よかったじゃねえか」

「ああ。心配したけど、またじっくりやれば、このあいだの失敗も二、三年で取り返せるんじゃねえかな」

と、仁左衛門は安心した顔になったが、

「それよりも、藤村さん」

「なんでえ」

「今日のようすを見てたら、康四郎さんと藤村さんのようすがなんとなくおかしいぜ」

仁左衛門もなかなか鋭く観察している。今朝がた、本当に康四郎と少し言い合いをしてきたのだ。

「だって、あいつ、発句を習いはじめやがったんだぜ」

と、藤村は言った。

「けっこうじゃないの。おやじと倅の趣味が同じだなんて」

「それがさ……」

もうひとつ好みを同じくしそうなものがあるのさ。

とは、仁左衛門にも教えられない。

第五話　鎌鼬《かまいたち》の辻

一

　師走になってすぐ、雪が江戸の町を白く染めた。今年は寒くなるなと江戸っ子たちも覚悟したが、その後、五、六日ほど晴れて暖かな日がつづいたものだから、雪はすっかり消えた。今日もよく晴れて、夏木家の庭もまぶしいくらいの日差しに照らされている。

　その庭の一角で、さほど広くもないが芝に被《おお》われたあたりに、夏木権之助が六尺棒をつき、いささか緊張した面持ちで立っていた。

「では、試してみるか」

「はい、お気をつけて」

と、医者の寿庵が言った。寿庵のほかにも、夏木と向き合うかたちで、藤村、仁左衛門、洋蔵、志乃がすこし離れたところから見守っている。

「そなたたちがそんなに心配そうな顔をしていたのでは、こっちもやる気がなくなるわ」

「そりゃそうだな」

藤村がそっぽを向くと、ほかの三人も同じようにしたが、それは明らかにわざとらしかった。

これまでは家の中で、志乃や洋蔵に支えられながら歩く稽古をしてきたが、いよいよ外に出て、成果を試してみようということになったのだ。

六尺棒を握り、すべらないかどうか何度もしぼるようにすると、一歩分、棒の先を前に出した。まだ左手の力が弱いので、その分を右手に力を入れ、六尺棒で身体を支える。そうやって、右足でぽんと飛んだ。

歩くというよりは、飛んだわけである。

左足はだらりという感じでゆれ、その重さが身体の均衡を崩す感じになる。自分の重みが自分の身体の均衡を奪うという、おかしな事態なのだ。もしも夏木が元気なときの目で、自分のこのようすを見たなら、さぞ情けなく思うことだろう。それでも右足をぐっと踏ん張り、倒れたりはしなかった。

さらにもう一度、六尺棒を前に出し、進んだ分をぽんと飛ぶ。

これで二歩。そこから、三歩、四歩、五歩。

夏木は、志乃たちがいるところまできた。顔は上気し、息づかいがはずんでいる。

ふっと一息ついたところに、

「お見事」

と、わきから寿庵が声をかけた。それをきっかけに、

「やった」

「すごい」

「ほんとに、お前さま……」

と、声がつづいた。

「奇跡といっていいくらいの回復です。いまだから言いますが、当初は正直、歩くまでは難しいのではと思ってました。でも、この調子ですとまだまだ治りますぞ。かなり歩けるようになるはずです」

「うむ。いま、こうしただけでもな、左足のほうもほかほか温かくなってきている」

夏木も満足げに言った。

「こりゃあ、年内には初秋亭まで歩けるんじゃねえか」

と、藤村が言った。すぐに仁左衛門もうなずいて、

「ああ、できそうだねえ」

だが、夏木は眉をひそめ、

「年内だと。それはいくらなんでも無理だのう」

と、言った。

師走もあと、二十日ほどしかない。

「そうか、夏木さんはそんな根性はないのか。じゃ、おいらは、できねえほうに賭けるぜ」

と、藤村は挑発するように言った。

「あっしもだ」

「なんだ、賭けか。では、わしはできるほうに賭ける」

と、夏木が言った。

「そうこなくちゃ賭けにならねえ」

妙な賭けになった。

志乃も洋蔵も、面白そうに見ている。

「いいだろう。何を賭ける？」

と、夏木が訊いた。

「何かもらうとかいうのは駄目だ。なんせ懐具合に差があるのだから、同じ金額でも、おいらなんぞは家が傾くおそれもある」

夏木家は三千五百石、七福家は老舗《しにせ》で家作も多い。それに比べたら、藤村家は三十俵一人扶持。ましてや、藤村は隠居の身である。

「うん、金がらみのやりとりはやめておこう」

と、仁左衛門も賛成した。

藤村がすこし考えて、

「負けた側が何かを我慢するというのはどうだ？」

と、言った。

「それはよいのう」

と、夏木が笑ってうなずくと、

「夏木さまなら、おなごと口を利くのを我慢する。ねえ、奥さま、これがいいですよね」

と、仁左衛門が言った。

「おい、仁左」

夏木は思いきり顔をしかめる。その表情に、志乃が笑って、

「おっほっほ。それだと、夏木は鬱屈が溜まって死んでしまうかもしれませんよ」

「そうか。あっしらは平気なんだがな。なあ、藤村さん」

「平気だな」

と、藤村はにやりと笑ってうなずいた。

「嘘をつけ。まったく、おぬしたちは何を言い出すかわからんからな」

「そうだ、いいのがあった。冬の味覚といえば鍋だ。ひと月のあいだ、鍋を食ってはいけないというのはどうだい？」

と、藤村が言った。

「面白いねえ。夏木さまもそれならいいんじゃないの？」

「それはつらいな。よし、それにしよう」

ということで、三人のあいだで賭けがおこなわれることになったのである。

「こりゃあ、見れば見るほど、凄いな」と、藤村が言った。

「陸の生き物でなくてよかったね」と、仁左衛門もうなずいた。

恐ろしく気味の悪い物体が、天井の梁から吊り下げられていた。

初めて見る人がいたら、これは何かと眉をひそめるだろう。食べるのだと言えば、必ずわたしは嫌だと言うだろう。

これが、冬の味覚のあんこうという魚である。

その以前あんこう食ひし人の胆

と、呆れて詠《よ》んだ人もいる。それくらい醜く、おぞましい。

永代橋に近い飲み屋海の牙である。ちょうどいいのが上がってきたと、漁師をしている安治の倅が届けてくれたあんこうを、いまから安治が張り切って、調理しようというのだ。あんこうは身体が柔らかすぎて、まな板の上では調理がしにくい。そのため、こうやって吊るしておいてから、こまかく切り取っていくのだ。

ただでさえ醜いあんこうなのに、調理をしやすくするのに口からたっぷり水を注ぎこんでいく。その量ときたら、六升ほど入った。

藤村と仁左衛門も、これには驚いて見守るばかりである。

「あんこうが呑兵衛だったら大変だね」

と、仁左衛門が軽口を叩いた。

まずは、喉のところに包丁を入れた。ここから手でもって皮を剝いでしまった。

薄桃色の肉が現われる。こちらはきれいである。

「あんこうは、ふぐよりうまいからな」

と、藤村が言った。

「顔のまずいのはうまいからね」

「おい、仁左。おいらに向かって言うなよ」

「おなごの話だよ」

「ますます知らねえ話だよ」

無駄口を叩いているあいだにも、あんこうはどんどんバラバラにされていく。

切ったものは、下に置いた盥《たらい》に放りこんでいくのだ。

ひとしきり切って、胃袋に詰め込んであった水を抜くと、大方の仕分けは終わる。

「さあ、やっぱり寄せ鍋で食いますかい」

「いいねえ」

熱燗をちびちびやっていると、七輪といっしょに鍋が出され、ぐつぐつ煮えはじめたあんこうを頬張っていく。

「この胆《きも》のうめえこと」

「たまらんな」

ほかの客ものぞきにきて、わしもこっちもと、たちまち巨大なあんこうは売り切れそうな勢いである。

ひとしきり注文に応じた安治がやって来て、

「じつは、あんこう鍋はお礼ということで」

と、言った。

「なんだ、なんだ、なんだ？」

「あっしの古い友だちが頼みごとがあるというので、もうじき来るはずなんですが」

「なんだ、そういうわけかい」

「このあんこう鍋を食わされちゃ、断われないわな」

と、藤村も苦笑いをする。

鍋を食い終えるころ、その友だちというのがやって来た。藤村も仁左衛門も、この店で何度か見かけた覚えはある。

「あっしの幼なじみでさあ」

安治が紹介すると、

「そこの旗本屋敷が出している辻番で働いてます弥平《やへい》と申します」

と、頭を下げた。

安治と同じく七十に近いくらいの歳である。安治はぴかぴかして脂《あぶら》がのっている感じがするが、こちらは乾いた感じの年寄りである。

辻番というのは、武家地の通りにあって、町人地の自身番のようなものである。大名家が出している辻番のほうは、まだ若くて頼りになりそうな侍が詰めていたりするが、旗本の辻番には、こうしたよぼよぼの年寄りもけっこういたりして、川柳などでもしばしばそのことがからかわれてきた。

「そこの辻番？」

と、藤村が首をかしげた。弥平が指差したのは、ここの裏手のほうである。

「辻番なんざあったっけ？」

「さあ」

と、仁左衛門も知らない。

深川は町人地がほとんどだが、海の牙がある佐賀町の裏は、御船手組の組屋敷や、大名屋敷、旗本の屋敷がいくつか固まっている。

だが、そこらはめったに通らない。

「それで、頼みってえのはなんだい？」

鍋のあとに頼んだ海苔《のり》の佃煮を舐めながら、藤村が訊いた。

「それが……もう半月ほど前からですか、三日おきくらいに、あっしのいる辻番の前を助六が通り過ぎていくんですよ」

「助六？」

と、藤村が箸を止めると、

「あの助六かい？　花川戸にお住まいの？」

芝居好きの仁左衛門が嬉しそうな顔をして、

「わしでごんす。何ときついものか、大門をぬって面を出すと、仲の町の両側から、近付の女郎の吸付きたばこが、雨の降るような」

と、ひとくさり芝居の台詞《せりふ》らしきものをしゃべってみせた。

芝居などほとんど観たことがない藤村でも、助六が何者かくらいはわかる。江戸っ子にもっとも人気のある人物である。実在の男ではない。歌舞伎に出てくる男だが、江戸っ子といえば助六、侠気といえば助六、とにかく男っぷりのよさを代表する人物になってしまっている。

「まさか、成田屋じゃないだろうね？」

と、仁左衛門が訊いた。成田屋は市川団十郎《いちかわだんじゅうろう》の屋号で、助六はその市川団十郎代々の当たり狂言なのだ。

「いえ、そんなんじゃねえんですが。単に真似た格好をしてるだけで」

「そりゃそうだ。成田屋だったら、あっしは毎晩、おたくの辻番に通うもの」

「なんか、悪さでもするのかい？」

と、藤村が訊いた。

「いや、ただ通るだけです。一度、つぅーっと行って、まもなくつぅーっともどってくるだけです」

「ふうん」

と、興味をなくした。

「どうも、あっちやこっちの辻番などで訊いても、そんなやつは出ていねえ。通るのは、うちの辻だけなんです。おかしな話でしょう？」

「おかしいかい？」

と、仁左衛門が訊いた。

「おかしいですよ」

「でも、世の中、目立ちたがりって性分のやつもいるからね。なんか、人目に立ちたくてしょうがないから、そういうくだらないこともやるのさ」

「でも、それだったら、もっと人通りの多いところでやりますよ。あんなところ、ほとんどあっしだけしか見てねえんですぜ」

「じゃあ、三文役者が稽古をしてるんだよ。ちっとでも芸がうまくなりてえって。どんな下っ端の役者だって、稽古熱心なのはいいことだぜ」

「でも、それだったら、せめて台詞くらいはつぶやいたりするんじゃねえですか?」

と、弥平が不服そうに言った。

「しねえのか?」

「しませんよ。台詞も言わなきゃ、しぐさの真似もしやしません」

弥平は、安治から茶碗酒を一杯もらうと、きゅうーっと飲みほした。それだけで、肴も頼まない。いつもそうらしい。

「四日に一度と決まってるのかい?」

と、藤村が訊いた。

「決まってはいません。二日つづけて来るときもあれば、四、五日来ないときもあります。でも、それを均《なら》すと、だいたい四日に一度くらいです」

「なあるほど。たしかに変といえば、変だわな」

と、藤村は言った。

「そうでしょう?　あっしは気味が悪くてしょうがありませんよ」

と、弥平はぶるっと身体を震わせた。

「でも、変なやつがすべてお縄になるわけではないぜ。この仁左衛門だって、そうとう変なやつだが、別にお縄にかかる必要はねえ」

藤村がそう言うと、仁左衛門は文句も言わずに笑った。

「あっしも、別につかまえてくれってわけじゃあないんです」

と、弥平が申し訳なさそうに言った。

「それで、その野郎にやめてくれと言えばいいんだな？」

「いや、そうは言えねえでしょ。誰にも迷惑かけてるわけでもないんですから」

「なんだよ」

「あっしは、ただ、何のためにやっているのか、わかればいいんです」

「なるほど。わかればいいのか」

と、藤村は納得した。

そんなことはお安い御用である。

助六が来る時刻は決まっている。夜の四つ（午後十時）。鐘が鳴りだすとすぐに、その男も現われるのだそうだ。

まだ間に合うが、今宵はすっかりいい心持ちになってしまった。明日から行くということにした。それでも弥平は安心してもどって行った。

「あ、四つか。あっしはその仕事は駄目だぜ、藤村さん」

と、仁左衛門が急に思い出した。

「ほら、隣りの長屋のおもんちゃんのおやじが、火の用心の当番で、六日のあいだ、いっしょにいてやってもらえねえかと」

「ああ、あれか」

他愛もないよろず相談で、親一人子一人の家の留守番を頼まれてやっていたのだ。

「じゃあ、弥平のほうはおいらが一人でやるさ」

「悪いね」

「でもよぉ……」

と、藤村は気になったことがある。

「あの爺さん、助六をやたらに気にするのは、わけがあるんじゃねえのか？」

と、安治に訊いた。辻番の前をちっとくらいおかしなやつが通っても、そう気にするものではない。そのわけを考えたりはしても、わざわざ人に頼むほどではない。

「さすがに藤村さんだね」

と、安治が感心した。

「やっぱりかい？」

「弥平はああ見えても、役者くずれなんですよ」

「そうか」

江戸にはこの手の人間が少なくない。若いうちに、歌舞伎役者に弟子入りしたり、田舎回りの一座に入門したりして、そのうち才能のないのに気がつき、堅気《かたぎ》の仕事につく。それでも、そうした経験があることは自慢にこそなれ、たいして後悔をするでもなく、

「じつはね……」

といった調子で語られたりする。

弥平もいまでこそ乾いた貝のむき身みたいな顔をしているが、目鼻立ちはしっかりしていて、いい男と言われた時代もあったのだろう。

「もちろん田舎芝居ですぜ。でも、助六もずいぶん演じたそうです」

それは田舎芝居でも、江戸で流行りの助六ということでうけるのだろう。

「じゃあ、ほんとにあの爺さんに見せたくてやってるんじゃねえのかい？　若くて、いい男だったころを、思い出させてやろうとか？」

仁左衛門がそう言うと、

「それはねえと思いますぜ。身寄りもねえし、あんな爺さんに昔を思い出させて喜ぶやつもいませんよ」

と、安治が首を横に振った。

「そうさ。おいらもその線はねえと思う。だから弥平の爺さんも気味が悪いんだと思うのさ」

安治がぷっと吹いた。

「そういえば、このあいだなんか、もしかしたら野郎は冥土《めいど》のお迎えかもしれねえなんて言ってましたっけ」

二

次の日の夜――。
四つの鐘が鳴っている。風のせいなのか、鐘の音も波打ち、吹きちぎられるように頼りない。町人地とちがって、樹木の多いここらは、裸木が風にひゅうひゅう鳴って、いっそう寒々しい。

藤村は、鐘が鳴りだす前に弥平の辻番にやって来て、中に入れてもらった。切り株がもうひとつ置いてあり、そこに腰を下ろした。

前の板壁が四角に切られている。つまり、障子《しょうじ》もない窓のようなもので、番太郎の弥平はこの前に座り、通りを見張りつづけるのだ。

辻番もさまざまである。ちょっとした家のように立派な辻番もあれば、易者の小屋かと思うような小さなものまである。ここは一坪ほどの、ほとんど掘っ立て小屋である。

番屋や、ほかの辻番にも置いてある突く棒やさす股などの武器もない。細い棒と蓑笠があるきりで、これでは鴉《からす》を追っ払うくらいが関の山である。曲者が現われることなど、端《はな》から想定していないのだ。

「それにしても、寒いな」

と、藤村は着込んできた綿入れの前をかき合わせた。

番屋の比ではない。少なくとも熊井町の番屋はもっと炭を熾《おこ》して、外と中の区別くらいはつけている。この辻番を出している夏目玄太郎《なつめげんたろう》というのが、八百石をもらっている旗本だが、恐ろしくしわいのだという。本当なら辻番など出したくはないのに、代々のことで仕方がない。そのかわり、経費はけちるだけけちっているのだ。

吹きっさらしのうえに、足元の炭もほんのすこし、手あぶり程度にもならない。

「こりゃあ大変だな」

「大変でさあ」

うなずきながら、弥平は辻番の右手を乗り出すようにして見た。

ひたひたと、雪駄ばきの足音がしてきた。

「来たか？」

のぞいた弥平が首を横に振った。

「ああ、ありゃあちがいますね」

男がゆっくりとやって来て、通り過ぎた。

だが、すぐにもどって来て、そのまま通り過ぎた。顔にうっすらと笑みが張りついていた。

男のくせに、赤い花柄の女ものの手拭いをかむっていた。深くかむっていたので、顔はよく見えなかったが、足取りからすると、年寄りではなかった。

「あれもよく通るやつです」

「ふうむ」

「今日は来ないみたいです」

「いつ、来るかわからねえというのも困ったもんだな」

とは言ったが、どうしようもない。

この夜は、これで帰った。

次の夜も行ってみる。弥平は小さなやかんに湯をわかしていてくれた。白湯《さゆ》だが、飲めば身体は温まる。いちおう気遣いはしてくれているのだ。

この辻はとにかく人けが少ない。ここが近道になる町もあるが、気味悪がって遠回りをしているという。

今宵は十五日で、月は満月であるが、雲におおわれて、地上は真っ暗である。

四つの鐘が鳴っていると——。

今度は頭に白い手拭いを巻いて、白い髭の男が、提灯《ちょうちん》を片手にやって来た。男はまたすこしすると、もどって来て、油堀のほうへ歩み去った。

弥平はそれをがっかりして見守り、

「今日も来ませんね。早く来てくれねえと、申し訳ねえ気持ちになっちめえます」

と、頭をかきながら言った。

「よう、爺さん。あんた、大事なことを見逃してるぜ」と、藤村が言った。

「へ、何を？」

「昨日来た女ものの手拭いをかむったやつと、今日のあのつけ髭の男……」

「つけ髭ですか、あれは？」

と、弥平は目を丸くした。

「ああ、まちがいないね。だが、つけ髭なんてことよりも、二人は同じ男だぞ」

「同じ男？」

弥平は首をかしげた。そんなことは、いままで思ってもみなかったらしい。

「そうさ」

と、藤村は言った。人の細かい特徴をすばやく頭に刻み込むことは、同心の特技であり、基本でもある。藤村は三十年、その訓練を積み重ねてきたといってもよい。

「ううむ。何かひっかかるぜ」

これは爺さんが思ってるよりもっと奇妙な話なのかもしれなかった。

三日目の夜――。

鐘が鳴るとすぐ、

「来ました、来ました」

と、弥平が声をあげた。なんだか嬉しそうでもある。

ついに助六が出たのだ。

紫の鉢巻に赤い目の隈《くま》、手に蛇《じゃ》の目を持っている。蛇の目は開いていないが、とにかくこの三つがそろえば、誰でもこれは助六のつもりだとわかるのだ。

「なるほど」

と、藤村は見送った。助六は、こっちのほうは気にもとめない。ということは、辻番の目を怖れるほどには、こそこそしているわけでもないのだ。だいいち、いまから空き巣にでも入ろうというやつが、あんな目立つ格好はしない。

そして、同じようにしばらくして引き返してきた。

藤村は辻番から外に出た。綿入れの羽織をぴったりかき合わせ、去っていった助六を見た。

今日は十六日の月で、しかも雲はなく、地上は薄青く輝いている。後ろ姿もよく見えている。助六はすぐに、手拭いを取り、それで目のふちを拭いた。助六になって町を歩いているわけではない。この辻でだけ、助六なのだ。

もはや、扮装を外した男は、軽い足取りで向こうの角を曲がっていった。

「あれも、同じ男だぜ。爺さん」

「え、あれも……助六も、女手拭いも、髭も……」

「そうだよ。なんのつもりか知らねえがな」

「同じ男が三役……」

そう言って、弥平はしばらく考えこんだが、

「あれ、もしかして」

と、目をぱちくりさせた。

「どうしたい？」

「いままで助六ばっかりに目がいって気づかなかったけど……旦那は、芝居は観ませんか？」

「あいにくとね」

藤村は、絵空事にはあまり興味がない。戯作もほとんど読まないし、芝居などを観るくらいなら見世物を見る。

「そりゃいいこった。あんなものに夢中になると、ろくなことはねえ。いや、それはそうと、もしかしたら、女と髭も見立てなのかもしれねえ」

「なんだって」

「まちがいねえ。女は、揚巻《あげまき》ですよ。老人は、意休《いきゅう》ですよ。『助六所縁江戸桜《すけろくゆかりのえどざくら》』でさあ」

助六を主人公にした芝居はときおり題名が変わることもあるが、これがいわば本

当の題名である。花川戸の侠客助六を、江戸きっての人気者に仕立てた傑作狂言、それが『助六所縁江戸桜』なのだ。

揚巻は助六の恋人。ちなみに、油揚げの稲荷寿司とのり巻が入った寿司を、助六寿司というのも、揚げと巻きを揚巻にひっかけたからである。

そして意休は、助六の敵役《かたき》だった。

「でも、なんで助六と揚巻と意休なんだろう？」

と、弥平は首をひねった。

「その先に、素人芝居の稽古場でもあるんじゃねえのかい？」

藤村はそう言ったが、自分でも信じていない。あいつは行ってすぐにもどってきた。芝居の稽古があんなに簡単に済むわけがない。

「一度、話しかけてみたらいいじゃねえか」

「あの、助六にですか？」

と、弥平は怯《おび》えたように言った。

「揚巻でも意休でもいいさ。こんなところで何をしてるんだと訊いたって、取って食いはしねえって」

「勘弁してくださいよ。こんな年寄りですよ。ふざけんなと、ちょっと蹴られただけでも、ひっくり返って骨を折っちまいますぜ。前にも酔っ払いをちょっと咎《とが》めただけで、ひどい目に遭ったんですから。年寄りの辻番なんざ格好の憂さ晴らしの相手ですよ」

どうも江戸の夜は荒れているらしい。

結局——。

その翌日に、藤村は意休に扮してきた男に訊いたのである。

「よぉ、ちっと訊きてえんだがな？」

「なんですかい？」

「助六だの意休だのに扮して、何をやってるのかな？」と。

男の歳はまだ、三十前ではないか。商人ではない、おそらくどこかの中間《ちゅうげん》か、あるいは火消しもしている鳶《とび》の者あたりか。笑顔をつくるのに慣れている男ではない。

男は藤村をじっと見て、

「なあに、ただの楽しみでさあ」

と、静かな声で言った。

「ただの楽しみね」

それなら、なにもケチをつけるいわれはない。たしかに怪しい気配もあるにはあるのだが、この男からさほど物騒な気配も感じられない。

藤村は弥平にこう言って、この依頼に一段落をつけることにした。

「世の中、変人を咎めたらきりがねえ。大丈夫だから、うっちゃっておきゃあいいさ」


今月の句会は寒かった。

冬景色を詠もうというので深川の端にある名勝、洲崎神社に行ったのだが、途中からみぞれまじりの雨に祟《たた》られ、お堂の軒下にもぐりっぱなしになった。

人も少ない。年寄りたちは今日の天候を予想して、ほとんどが示し合わせて欠席していた。来たのは、初心者ばかり六人ほどである。

美人のかな女師匠も、今日ばかりは鼻の頭を赤くして、水っぱなを啜《すす》ってばかりいて、だいぶ器量も下げてしまった。

康四郎のやつが、どうもかな女師匠のところに入門したらしいのだが、やはり組は別々らしい。そのことも気になっているから、句作のほうもさっぱりである。

途中からは、かな女の講評も頭に入らなかった。たしか、自分の殻《から》がどうのこうのというようなことを言っていた。

仁左衛門のほうは、こんな状況でも数だけはつくる。

十句くらいはつくってしまう。藤村からすると、

お堂の壁に、誰かの句が貼り付けてあって、それをすばやく剥《は》がしてきただけではないかと疑いたくなるくらいである。

つくりながら話もする。算盤《そろばん》をはじきながら商談でもしているときの気持ちなのかと思ってしまう。

「ねえ、藤村さん。冬の句会は鍋でも囲んでやりたいところだね」
「そうなると酒も入って、となるから、あの師匠のところでは駄目だろうよ」
「隣り町にはそういう句会もあるというから、そっちに行ってみようか」
と、仁左衛門は本気とも冗談ともつかないことを言う。

言いながら、

寒すぎる寒いがなんだ腹の虫

などと書きつけている。
「それもなんだかな」

と、藤村は言った。だいいち、それでは康四郎に追い出された格好になってしまう。

そんなことをぐだぐだ言っていると、

「あのう、七福堂さんでは……」

仁左衛門が知り合いから話しかけられた。句会の仲間ではなく、たまたま洲崎神社にお参りに来たらしい。小僧が後ろで荷物を持って立っている。

「えっと、たしか……」

「築地の播磨《はりま》屋でございます」

暖かそうな着物を着て、その上からたぬきの襟巻までしている。仁左衛門だって、これくらいの贅沢はゆうにできるはずだが、藤村に付き合ってくれているのか、いかにも暖かそうな格好などはまずしない。

「はいはい、播磨屋さん。櫛を仕入れさせていただいてます」

思い出したというときの親しげな表情が商人のものである。

「おたくの若旦那ですが……」

「ええ。鯉右衛門のことですな」

「なんでも一か八かの大勝負に出るんだそうですな」

「おや、そんなこと、言ってましたか？」

　笑顔は崩さないが、わきで見ていた藤村には、仁左衛門の動揺がわかった。

「なかなか胆の太い、立派な息子さんじゃないですか」

「いやあ、まだまだですよ。はい、では、また……」

　しらばくれてやり過ごしたが、仁左衛門の顔が変わっている。

「あの馬鹿野郎。また、ろくでもないことをおっ始めやがったんだ」

　わきで聞いていた藤村が、

「おい、そんなに気にするなよ」

　と、思わず声をかけた。

「いや、ここんとこ、どうもこそこそしてると思ったんだが……」

「あの人だって、たいしてわかって言ってるふうじゃなかったぜ」

「冗談じゃない。何代もつづいてきた老舗が、そんな一か八かなんてことに運命をゆだねられるものか」

　何か、思い当たることもあるらしい。

　めずらしく仁左衛門が怒りの感情をあらわにしているのを見て、藤村はなだめるように言った。

「大丈夫だって仁左。子どもは親が思ってるほど馬鹿じゃねえから」

三

師走の二十日である。日本橋や神田あたりよりはいくぶん動きの遅い深川も、そろそろ餅つきの準備などで慌ただしくなってきていた。

その深夜だった。佐賀町裏の辻番の前で、助六が斬られたのである。この年末の椿事《ちんじ》は、明日あたりには瓦版などでもずいぶん書きたてられるだろう。

藤村は見ていない。辻番の弥平が目の当たりにした。

そのようすはこうだった――。

ひゅうという風とともに、覆面をした男が駆けて来て、助六とすれ違いざま、刀が光った。助六が持っていた提灯が、手を離れ、風に吹かれて火のついたまま飛んだ。弥平は最初、そっちが心配で、提灯を追いかけ、あわてて火を消した。

覆面の男は、そのまま走り過ぎていて、もう影もかたちも見えなかった。

「あっ、ああ」

助六が、まるで助六らしくなく、怯《おび》えきって喚《わめ》いていた。首から血が滝のように噴き出ていて、そのまま、雪だるまが溶けていくような感じで、地面に横たわっていった。

「ありゃあ、鎌鼬《かまいたち》だ。ひゅっと来て、ぴゅっと切った」

と、弥平は報せに走った加賀町の番屋で、興奮してそう言った。

人殺しである。

それも物騒きわまりない年の瀬の辻斬りである。

当然、奉行所のほうも乗り出してくる。本所深川回りの菅田万之助が、見習いの藤村康四郎と、岡っ引きの鮫蔵をひきつれて、佐賀町の自身番へと出張《でば》ってきた。

まずは、鮫蔵の手下たちが、近辺の聞き込みにもまわったが、ろくな話は聞けない。辻番を置き、弥平を雇っている旗本の夏目玄太郎はもちろん、周辺の大名屋敷のほうはさらに知らんぷりである。余計なことには関わりたくないのだ。

「なんで助六なんだよ？」

と、同心の菅田に訊かれても、辻番の弥平は首をひねるしかない。

「藤村さまが……」

と、弥平が言ったので、初秋亭から佐賀町の自身番まで、藤村慎三郎にお呼びがかかった。

「なんでおいらが……」とつぶやきながら藤村が行ったときは、菅田と鮫蔵はとりあえず一回りしてく
と、出かけていて、康四郎とここの番太郎が二人いるだけだった。
こんなところで倅と顔を向き合わせるのは気づまりだが、康四郎も同じ気持ちら
しく、

「藤村さんに訊けばわかるかもしれないと、辻番が言ったのでね」

と、やたらともったいぶった口調で言った。このところ、康四郎は家でもなんと
なくよそよそしい。加代にそのことを言うと、「お前さまが夜遊びばかりなさるか
らではないですか」と、なんのことはない自分の不満をぶつけられた。

「何をだよ」

と、藤村が倅に訊いた。

「助六が誰なのか？」

「そんなこと知るもんか」

「なんのために助六の格好を？」

と、康四郎は番屋の隅で筵《むしろ》をかけられた遺体を指差した。町人の遺体だから、こ
っちに持ってきたのだろう。もっとも、あんな狭い弥平の辻番に置いたら、中に入

るときは、遺体の上に座らなければならない。

「さてね」

と、藤村は首をかしげた。

「ほんとに知らないのですか？　けっこう、大事なところをとぼけるからなあ」

と、康四郎が疑うように藤村を見た。

「人を嘘つき扱いするな。誤解だよ、それは」

「それにしても、なんだか貧乏たらしい助六ですよね」

そんなことはどうでもいいではないか。

それよりは、いまはこの死体をためつすがめつ眺めて、気づいたことを手がかりに走りまわればいいのである。

「おめえ、上《うわ》の空なんじゃねえのか？　仕事をやる気がねえんだろ？」

と、藤村は康四郎に言った。

「そんなことはないですよ。それに辻斬りというのはなかなか読めないものだと、菅田さんもおっしゃってたし」

「馬鹿野郎」

と、藤村が言うと、親子という事情を知らない佐賀町の番太郎二人が、見習いとはいえ、同心を馬鹿野郎扱いする男に、目を丸くした。

初秋亭にもどって来て、

「ほんとに、助六はなんだったのかね？」

と、藤村は仁左衛門に言った。藤村には関係のないことと言って、すませることはできるのだが、他生《たしょう》の縁ということもある。

助六騒ぎのことは、すべて仁左衛門にも伝えてある。留守番の手伝いが終わったら、仁左衛門も一度、その奇妙な助六を見に行くと言っていた矢先に、殺されてしまった。

「そうだなあ。あっしもわからねえが、そいつの気持ちがわからないときは、やってみたらいいんじゃないの」

「やってみる？　仁左、どういうことだよ？」

「藤村さんが、助六になって歩いてみるのさ」

「ふうむ。それは、一理あるが恥ずかしいな」

殺したほうや、殺されたほうの事情がわからないとき、当人の気持ちになって現場を歩いてみるというのは、きわめて有意義なことなのだ。今度の場合も、助六になって歩いてみれば、気がつかなかったことが見えてくるかもしれない。

「それにしてもな……」

ほとんど人通りのない辻だったが、紫の手拭いを頭に巻いて歩くなどというのはやはり恥ずかしい。しかも、若いやつなら洒落《しゃれ》になっても、五十五のいい歳こいた助六では、洒落にならない。

「かな女師匠が言ってたよ」

と、仁左衛門が言った。

「なんてだい？」

「ある程度のお歳になると、恥ずかしいと思うようなこともしたほうがいいんだとさ。どんどん自分の殻に閉じこもってしまって、抜けられなくなったりする。つくる句も、型にはまってつまらなくなる。それを打破するには、ふだんの暮らしでも、遊びでも、旅でも、自分の殻を破ってみるのは大事なことだって」

みぞれまじりの洲崎神社の句会で、かな女が力説していたが、藤村の頭にさっぱり入ってこなかった話はそれだったのだ。

だが、いまは素直になるほどと思えた。

「よおし、やってみるかい」

ただし、町中を歩く勇気はない。辻番の手前の角ですばやく紫の鉢巻をし、目に赤で隈取をした。蛇の目は仁左衛門から借りたもので、芝居の助六のものといっしょだという。

四つの鐘を待って、歩きだした。

「じゃあ、藤村さん。頑張って」

と、付き添ってきた仁左衛門が背中を押した。助六の芝居でやるらしい河東節《かとうぶし》をのんきに口ずさんでいる。

仁左衛門から助六の歩き方をすこし教わったが、なかなか難しい。あの男だって、歩くのはふつうに歩いていたのだ。

「やんややんや」

と、一人でかけ声をかけ、その気になって歩く。

「江戸紫の鉢巻の、髪はなまじめはけ先の、とくらぁ」

教えてもらった文句もすこしつぶやいてみる。意外に悪い気分ではない。

殻が壊れたのだろうか。

たしかに、五十五にもなると、さまざまな殻をかぶっていることを自覚する。経験で学んだこと。教えこまれた良識。つまらぬ見栄。そんなものが重苦しい殻になって、幾重にも自分を押し包んでいる。

よほど他人に迷惑をかけるならともかく、そんなものはすってんぱらりと投げ捨てて、思いきったことをするのもいいのではないか。

町中を歩くのだけは嫌だと思ったが、なあにこのまま町に行ってもいいかもしれない。永代橋を助六になって渡るのも気持ちいいかもしれない。加代や康四郎が、そんなおいらを見たら、どんな顔をして、なんて言うだろう。

自分の気持ちの奥のほうには、思ってもみない変なものがあったりする。

辻番の前を通ると、弥平が、

「げっ」

と言ったのが聞こえた。知り合いの藤村が助六になったのを驚いたのではなく、また助六が出てきたことに驚いたのだ。説明などしても面倒なので、無視することにした。

殺された男は雪駄《せった》ばきだったが、仁左衛門がこっちのほうが本物らしいというので、下駄をはいてきた。

その音が、からんからんと辻に響いた。

辻とは言っても、一方だけは大名家の下屋敷の入り口で、少し進むと門で行き止まりになる。その細い道のわきにある大名屋敷の離れの二階にうっすら明かりが燈《と》もっていて、そこに影が現われたのが見えた。

隙間をすこし開けている。向こうからしたらわからないよう、すこしだけ開けたつもりだろうが、こっちからは影が見えているのでよく見える。

障子の中の影が、こっちをじっと見ている気配があった。

――あれだ。あれが、一連のできごとに関係があるのだ。

藤村はひそかに笑った。

自分が助六にならなければ、あの影も釣り出されたりすることはなかっただろう。

次の日――。

藤村はもう一度、助六をやってみた。

四つの鐘を待ち、加賀町の奥にある武家地の辻へ。

今宵は小雨まじりで、蛇の目を差し、片手に提灯を持って歩いた。昨日は見送りに来た仁左衛門が、今日は寒気がするというので、海の牙で玉子酒でも飲んで待っているようにと言った。

「やんや、やんや……江戸いちばんの男伊達《おとこだて》だぜ」

今宵もいい気分になって歩く。弥平の小屋はちらりと見るだけで、声はかけない。だが、

「あれっ」

という今日の声は、助六の正体に気づいたような声だった。

四つ辻に差しかかる。

——ん？

今日は昨日と違って、向かいの屋敷の二階の障子がいっぱいに開かれている。はじめ影だけが見えていたが、ひょいっという感じで横から姿を見せた。

赤い花柄の手拭いを頭に巻いていた。弥平が言うところの揚巻の姿である。しかも、嬉しげに小躍りしている。

助六と揚巻で、揚巻が喜んでいる。

藤村の頭で閃《ひらめ》いたものがあった。

——これは、博打なんだ。

そうだ。これは勝ち負けの遊びなのだ。殺された男が、この前の藤村の問いかけに、ただの楽しみだと答えた。それは、まんざら嘘ではなかったのだ。

急いで仁左衛門が待っている海の牙に飛び込んだ。ろくに、扮装も落としていな

い。

「よぉ、花川戸から助六さんがお見えだぜ」

と、客から声がかかり、あわてて手拭いをはずした。

「仁左、わかったぜ。助六が何をしてたか」

「えっ」

いつもはそれほど赤くならない仁左衛門が、玉子酒で赤くなっているのは風邪のせいだろう。具合が悪そうだが、それでも藤村の話に耳を傾けた。

「そうか、それはジャンケンだよ、藤村さん」

「ジャンケンか。三すくみか？」

「そう。助六は揚巻に勝てない。なんせ、惚れているもの。だが、揚巻は意休に勝てない。金と力でしつこいったらありゃしねえ。そして意休は助六に勝てない。江戸随一の男伊達だもの。そうか、そうやって遊んでいたのか」

「いや、ただの遊びじゃねえ。かなりの金を賭けてたんだ。それで、払えなくなった屋敷の男が、辻を歩く男を……」

「ばっさりってわけか」

仁左衛門が玉子酒を口にふくんでぶるぶるっと震えた。

「だが、賭けるからには、いくら張るとか、そういう手立ても必要だよな」

「そりゃそうだ」

と、仁左衛門もうなずいた。

「そこらはどうしているんだろう？」

藤村は首をひねり、仁左衛門が飲んでいた玉子酒をすこしもらって、ぐびりと飲んだ。まだ、謎はすべて明らかになったわけではない……。

「深川の鮫に訊きてえことがあってさ」

と、藤村慎三郎は一色町の飲み屋甘えん坊にやって来た。鮫蔵が妾たちにやらせている飲み屋である。

あいかわらず繁盛している。海の牙とはまるでちがう客層でごった返すなかを、奥のほうに案内された。

「そうですか。信心と親孝行のことならだいたいわかりますが」

鮫蔵はしらばくれた顔で言った。この男にいちばん縁のない世界である。

「博打のことなんだがさ」

「そっちのほうならすこしだけ」

博打だけでなく、深川の悪いことなら、全部、鮫蔵が知っている。

「大名屋敷もからむんで、ちっと面倒なんだが……」

と、藤村はこれまで知ったことといっしょに、あの男がいた屋敷を教えた。

「あそこは信州松代《まつしろ》藩の真田《さなだ》さまのお屋敷でしたね」

「そうだな」

と、藤村は顔をしかめた。同心時代に、大名屋敷には、下手人をあげるのでずいぶん面倒をかけられたことが多い。つい、嫌な記憶もよみがえるのだ。

「あそこに博打にハマった若者がいますぜ。いや、この一年見かけないので、国許にでも帰されたのかと思ってましたが」

「どういうやつだい？」

「用人の馬鹿息子です。たしか、大野木《おおのぎ》万五郎《まんごろう》といったはずです。深川でも、ほうぼうの賭場でしこたま借金をこさえてました。払えなくなって、暴れたこともありますよ」

鮫蔵は、大野木の顔でも思い出したらしく、皮肉な笑みを浮かべた。

「やっぱり、そういうことだな」

そこは推測したとおりである。

「そこらの細かい詰めはまかせてもらいましょう。旦那はまた、最後のところで出ていただきましょうか？」

「無理やり出番なんざつくってくれなくてもいいんだぜ」

と、立ち上がった。

「それにしても、凄いことを思いつきましたな」

と、鮫蔵は感心ひとしきりである。

「自分も助六の格好をして歩くなんざ、あっしにはどうやっても無理だ」

「鮫に助六は似合わねえもの」

「旦那が助六ね。まいったな」

「鮫蔵、人間ってえのはさ、殻を破らなければ駄目なのさ」

「殻を？」

「思いきってな」

と、藤村は鮫蔵の肩を叩いた。

翌日――。

鮫蔵が手下《てか》を動員して、博打好きの中間《ちゅうげん》を捜させた。もっとも、中間の多くは博打が大好きである。

夕方になって、鮫蔵が初秋亭を訪ねて来た。仁左衛門が風邪をひいたらしく、藤村が今日は一人で火鉢に当たっていた。

「旦那。殺された男の正体が、わかりましたぜ」

「早いな」

これだから、悪評紛々であるのも承知の上、南北両奉行所の同心たちは、この男を頼りにしているのだ。

「殺された野郎は、小指の表のほうに火傷の痕がありましてね。それが目印になりました」

「ほう」

康四郎などはそのあたりもちゃんと確かめたのだろうか。

「前に、あの屋敷に奉公していた渡り中間の雅三《まさぞう》というやつです。雅三はいま、木挽町のとある大名屋敷に奉公しているんですが、この二、三日は姿が見えないと仲間が心配してました」

前にあの屋敷にいたのなら、話をつけるのは簡単だったろう。知り合いの奥女中にでも文を託せば済んでしまう。

「しかも、大野木万五郎は、素行の悪さのためにおやじからあの二階に閉じ込められています。博打をしたくても、やるにやれないというわけで」

「なるほど。そこで、おそらくは雅三のほうが、会わなくてもできる博打を考え、やらせたんだろうな」

あの手の連中には、悪知恵の働くやつらが多い。

「さて、どうしましょう、旦那？」

と、鮫蔵が藤村に訊いた。

「どっちもふざけたやつらだが、あんなところにおさまった若造が、博打に負けた腹いせに、中間を斬り殺しやがるなんて、許されるかよ」

言いながら、藤村は助六にでもなったような気がする。

「他藩の武士ですぜ」

と、鮫蔵はからかうように言った。

「へっ。おめえだって、こんなことは幾度も経験してるだろうが」

大名屋敷の中に入られたら終わりだが、外に出てきて、刀でもふるってくれたらどうにでもできるのである。そのため、外に誘い出したうえで、辻斬りの侍をふん捕まえたという経験も藤村にはある。

「ぶちのめしてやりますか」

鮫蔵が嬉しそうに言った。

「そうしないと、町の連中もすっきりしねえだろうよ」

と、藤村は同心時代の顔にもどって言った。

「でも、どうやって引っ張り出すんです？」

と、鮫蔵が訊いた。

「雅三と同じでいいのさ。勝ちまくれば、野郎はまた、あそこから出てくる」

「でも、出てくるときは、藤村の旦那を殺すためにですぜ」

「太刀筋を見たら、腕は悪くねえが、なあに一年も謹慎させられている野郎だ。どうせ、腕はなまってるにちげえねえ」

「そんならいいですが」

と、鮫蔵は不安げである。

「それより、必ず勝たなくちゃならねえ。その方法を考えようぜ」

藤村はさっそく頭をひねりだす。

四

結局——。

いろいろ考えたが、残ったのはきわめて古典的な方法だった。

着替えをのぞくのである。それで、相手は何になるかわかる。

鮫蔵の手下たちに探らせ、大野木万五郎が謹慎させられている二階の部屋が、小松町の番屋にある火の見櫓から遠くに見えるということがわかった。

藤村も足を運んでみたが、見えるには見えるがすこし遠い。これだと何に扮したのか、見間違えることもある。

「遠めがねのいいものを、誰か持ってねえかな」

と、藤村は思いつき、この手の道具には夏木家の三男の洋蔵が詳しいことを思い出した。洋蔵のところに行ってみると、当人も持っていて、それを貸してもらった。

四つすこし前に、火の見櫓から屋敷のほうを見る。まずは遠目が利くと自慢の、鮫蔵の手下がのぞいた。

「あ、わかります。障子に着替えのようすが影になって映ります。あ、髭をつけました。意休ですよ」

「どれどれ」

たしかに障子に影がはっきり映る。着替えているほうは障子戸が閉まっていれば、見られていないと思ってしまうが、影だけでもこんなにわかるものなのだ。

「ということは、こっちは助六で勝ちか」

藤村は急いで、目に隈を入れ、紫の鉢巻をして、蛇の目を持った。

昼に、つぶてに文をまき、二階の窓に投げ込んである。つぶてはうまく、障子を破って中に飛び込んだ。

文にはこう書いておいた。

「雅三のかたきは博打で取る。また、例のジャンケンをつづけるぞ」

障子戸が開き、大野木万五郎がこっちを見て、大きくうなずいた。承知したのだ。罠ではないかと疑う気持ちもないらしい。とにかく禁じられている博打がしたくてたまらないのだろう。

四つの鐘が鳴った。

藤村が歩いていくと、正面の窓が開いていて、意休に扮した大野木がいた。こっちが助六であるのがわかると、悔しげな顔をするのも見えた。

藤村は油堀のほうまでもどってきた。鮫蔵はここに待機することにしていた。

「うまくいったぜ、鮫蔵さんよ」

「これで、連戦連勝ですね」

「しかも、賭けの方法までわかったぜ」

「どうするんですかい？」

「窓のわきに大根が吊るされてるが、それが一本になったり、二本になったりする。おそらく、賭け金は大野木万五郎が決め、それをあそこに出すだけだ。雅三は条件は全部飲むことになっていたのだろう」

「雅三がそんな条件を飲んだということは……」

「同じような手口で、必ず勝てると思ってたのさ」

火の見櫓に登らなくても、屋敷の塀によじのぼれば、影は見えているのだ。大野木は手のうちをさらけ出して博打を打つのだから勝つわけがない。雅三はおそらく適当に負けをはさみながら、大野木から毟《むし》り取っていたのだろう。

藤村のほうは、負けなんぞはさんでいる暇はない。五日連続で勝ちまくった。大根が一本一両なら、藤村はもう十両も勝っている。

その日――。

向こうは鉢巻を巻いた。助六に扮しているのだ。ならばこっちは揚巻になる。

女ものの手拭いを巻き、提灯片手に歩いてきたとき、藤村はひそかに目を瞠《みは》った。

二階の窓にはなんと、大根が二十本もぶらさがっていた。

——これまでの負けをいっきに取り返すつもりかよ。

あれが二十両かと思うと、藤村の胸も高鳴った。しょせん、手に入る賭け金ではないのに。

障子が開いた。

助六がこっちを見た。

揚巻の藤村を見て、大野木の顔が大きく捻《ね》じ曲がった。

藤村は小躍りしてみせた。

すぐに障子戸が閉まった。ぱしっという音が、四つ辻を走った。やつの怒りが心頭に発したのだ。

まちがいなく出てくる。

来た方向にもどろうとした。油堀側のそっちには十手を構えた鮫蔵が隠れている。

手下も一人いる。三人がかりなら楽に捕まえられる。

びゅうっ。

強い風が吹いた。空を見ると、月はずいぶん細くなっていた。

鎌鼬は、思ったところとは別のところから出現した。弥平が目撃したのとは反対の方角から来たのだ。

　——しまった。

　ここからだと、鮫蔵は遠い。逃げれば後ろから斬られる。

　鎌鼬が押し寄せてきた。手が妙なかたちで上がり、鞭がしなるように刃を叩きつけてきた。後ろ足で逃げながら、この刃をどうにかかわした。太い剛剣である。腕がなまっているなどと見たのは大まちがいで、こいつはできるどころではない。凄まじい腕である。

――この役は誰かに代わってもらうべきだった。

と、藤村は思った。しかも、こんなとき揚巻というのがまた、情けない。助六の扮装のまま戦えば、気分もいいだろうが、揚巻ときたら。

鎌鼬がまたも振りかぶってきた。受ければ、必ず負ける。藤村の剣は、初秋の剣。歳相応に軽くして、小技で攻める剣に変えつつある。つまりは細く、受ければ折れたり曲がったりする。

そのとき――。

闇の中を棒が飛んできて、鎌鼬の額を打った。

「うっ」

という呻《うめ》きとともに、剣が流れた。藤村の髷をかすめた。これがなければ、首が飛んでいたかもしれない。

どぉん。

と音がして、辻番の小屋がはじけた。中から康四郎と長助が飛び出してきた。

「なんだ、きさまっ」

と振り向いたところを、康四郎が抜いた刀の峰のほうで頭を撲《なぐ》った。

ぐらりと大きく、大野木万五郎が揺れた。さらに、よろけたまま二、三歩、横に歩いた。

これで危機は去った、と藤村は思った。

倅に助けられたのだ。こうも都合よく助けにこられたということは、毎日、辻番の中から見張っていたのだろう。倅は親が思っているよりもしっかりしているものである。

「すまんな、康四郎」

刀を構えたまま、藤村は康四郎に言った。このあいだ、馬鹿野郎と言ったことを、詫びたつもりである。

「いえ」

と、康四郎は短く言った。

油堀のほうからは、鮫蔵と手下が駆けつけて来た。

「きさま。卑怯だぞぉ」

大野木が藤村に斬りかかってくるところを、後ろから康四郎が峰で肩口を叩いた。踏み込みの素早さに、剣の上達もうかがえる。大野木の刀がぽろりと落ちた。

「この野郎、ふざけやがって」

長助の蹴りが、大野木万五郎の顎に炸裂した。大野木はもんどりうってひっくり返る。

真田家の用人の息子だろうがなんだろうが、いまはただの曲者《くせもの》である。あとは、こいつの罪状を並べ立てて、真田家に突き返せばいい。文句があれば、大目付にでも訴えればいいが、そんなことは体面があるからできるわけがない。

「こいつめ、この野郎」

鮫蔵と長助と二人がかりで、鉄拳の制裁が始まっていた。


ぎぎぃっ。

と音がして、夏木家の長屋門が大きく開かれた。

夏木権之助忠継のお出ましだからである。藤村たちがいくら来ようが、この門は開けてもらえない。わきの戸口をくぐるだけである。

夏木家の長男で家督を継いだ新之助《しんのすけ》が、見送りに出てきて、

「父上。お気をつけて」

と、頭を下げた。こんなところも、藤村の家のような、奉行所の同心ふぜいとは、立ち居振る舞いの重みがちがう。さすが三千五百石という風格が漂うのだ。

明日が大晦日である。町は借金取りやらなにやらでごった返す。急ぐ人たちのわきで、のったりのったり歩くのは迷惑だろうと、大晦日には一日早いが、夏木は藤村たちとの賭けに応じることにした。すなわち、夏木の屋敷から、歩いて初秋亭までたどり着けるかである。

藤村と洋蔵と、医者の寿庵が付き添うことにした。志乃も行きたいと言ったが、夏木が止めた。

「どうしてもというなら、先に初秋亭で待っておれ」

それで志乃は初秋亭に先回りすることにした。いまごろはもう初秋亭に着いていて、窓から首を突き出し、永代橋のほうをいまかいまかと眺めているだろう。

夏木は杖を持った。六尺棒ではない。それよりはずいぶんと短い、胸あたりまで

の杖をついて歩くのだ。ただし、杖は頑丈なつくりで、身体の重みをかけても大丈夫である。

「では、行くぞ」

夏木が一人で先に、門を出た。

あとをゆっくりと、藤村と洋蔵と寿庵がついていく。数日寝込んだらしいが、風邪はよくなったはずの仁左衛門も来ることになっていた。だが、何かよんどころない用事でもできたらしく、遅れているようだった。

夏木が浜町堀に沿った道をゆるゆると進む。

この前、ほとんど動かなかった左足だが、腿のあたりがちゃんと前に繰り出されている。つま先もつく。湯の中でばしゃばしゃと足を動かし、これが利いたと寿庵も言っていた。そのかわり、夏木の足は毎日ふやけて、皮もぼろぼろになっているらしい。

ときおり、ふらりとなる。相当に危なっかしい。

だが、藤村も洋蔵も手を添えたりなどしない。寿庵などはすこし先に行っている。逆にそんなことをしようものなら、夏木が怒ることは皆、わかっている。

夏木は一歩ずつ進む。いや、人は皆、一歩ずつ進む。それがよくわかるのは、こうしてようやっと一歩ずつ進むときだけなのだ。いつもは何も考えずに歩く道が、果てしなく長く感じられる。

　大川端に出た。

　ここらはもう、充分に年の瀬の慌ただしさがある。門松売りが通り、御酒の口売りといって、お神酒《みき》どっくりの口飾りを売る男も通る。炬燵《こたつ》のやぐらを売って歩いている男は、時季外れではないのか。だが、江戸の人間は多種多様、初春に炬燵のやぐらを買う者がいたって不思議ではない。そんな師走の町を歩みつづける。

　とうとう永代橋に差しかかった。

　橋は大きく湾曲している。ふつうの人でも転んだりする。夏木にとっては、ここがいちばんの難所である。

　だが、景色が広がる。江戸でも指折りの絶景。海と川、陸と空とが混じり合う。ひさしぶりの景色である。

　左右を見ながら夏木が足を進める。もう汗びっしょりである。途中、欄干に寄りかかって、流れる汗を拭いた。

　橋の半ばに、鮫蔵がいたのには驚いた。しかも、今日はこんなことをすると知っているくせに、

「おや、夏木さま。これから初秋亭ですかい？」

などと、とぼけてくれたではないか。元気そうなのをたしかめ、橋を箱崎のほうへ渡っていく。

「悪党の小芝居も泣かせるね」

と、藤村は洋蔵に囁《ささや》いた。

「これも、夏木さんの人柄だよ」

「ありがとうございます」

と、夏木の三男は嬉しそうに笑った。

永代橋を降りた。歩きにくい坂道を気をつけながら下り、道を右へと曲がった。佐賀町から相川町。餅つきの音がどこかから聞こえている。まもなく熊井町。入ればすぐである。

熊井町と大書した自身番が見えた。前には、康四郎と長助も立って迎えている。

「お疲れさまでした」

と、康四郎が頭を下げる。

初秋亭の扁額は、夏木自身が書いたものである。そこから、志乃が飛び出してきた。

「お前さま。やりましたな」

と、すでに化粧が涙で溶けかけている。

「ほらほら、泣くな、泣くな」

夏木が苦笑しながら門をくぐった。

「おめでとうございます」

中には夏木家の女中や、海の牙の安治など、顔なじみが大勢来ている。初秋亭にこんなに多くの客を迎えたのも、今日が初めてである。

歓喜の中、二階に上がった。

大川の河口の冬景色が広がっている。

真向かいにあるのが霊岸島の越前福井藩松平家の屋敷。その左手が釣りの名所の鉄砲洲。その遥か彼方に、今日は薄ぼんやりと浮かんでいる富士の山。

「これだよ。この景色は目覚める前からずっと夢に見ていたのさ」

夏木の顔が晴々としている。ここで四月《よつき》半前に倒れ、それでもこうしてもどってきた。

「どうです、これは」

安治が下から、あんこうを持ったまま、上がってきた。

「鯛の刺身も準備しました。これから、ここで飛びっきりのあんこう鍋をつくりますぜ」

「まあ、わたくしも一度、食べてみたかったの」

と、志乃が感激した声をあげた。

「まいったな、おいらは食べられねえのに」

と、藤村が苦笑した。

「どうしてだい、藤村さん？」

と、安治が言うと、

「あんた、おいらたちの賭けを知ってるだろ」

と、藤村は軽く、安治の尻を膝で蹴った。

夏木が勝った。藤村と仁左衛門は完膚なきまでの敗北で、ひと月のあいだ、冬の味覚の鍋を食べられない。

皆、どことなく少年のように浮き浮きしている。

騒いでいるところへ、仁左衛門がやって来た。なにやらぼんやりしている。

「遅かったな。仁左。賭けはわしが勝ったぞ」

と、夏木が明るく声をかけた。

「うちは負けたよ」

返事は思いがけなく暗い。

「え？」

藤村が振り向いた。

「七福堂がつぶれちまったのさ……」

仁左衛門はそう言って、へなへなと二階の入り口にしゃがみこんだ。

夏木権之助の猫日記（三）　招福猫《まねきねこ》探し

一

夏木権之助、藤村慎三郎、七福仁左衛門の三人は、深川佐賀町にある飲み屋にやって来た。ここは、安治の〈海の牙〉が休みだったり、満員で入れなかったりしたときだけ、たまに来る飲み屋である。海の牙と比べたら可哀そうだが、酒も肴《さかな》もまあまあだし、値段もそう高いわけではない。だから、もっと利用してもよさそうなのだが、三人ともなんとなく一人で来ることはない。というのは、ここの女将《おかみ》がたいそう美人だからである。

——じつは、口説くつもりなんじゃないか。

そう思われるかもしれない。それが嫌なのである。亭主がいるのもわかっているし、口説く気なんてないのに、なにか言われそうだから、逆に来にくいのだ。屈折したおやじ心というところだろう。

いちばん奥のほうが空いていて、そこの縁台に腰をかけた。

最初の一杯を飲み、ふうっと一息ついたとき、

「あれ？」

夏木が目を瞠《みは》った。

「どうしたい、夏木さん？」

藤村が訊《き》いた。

「そこの招福猫《まねきねこ》。前にあったのと違ってるよな？」

店の奥に神棚があり、その下に菰樽《こもだる》やら、道具箱、煙草盆、七輪などいろんなものを置く棚があり、そのいちばん上に五、六寸ほどの白い猫の人形が飾ってある。まっすぐ立っているが、右手だけを上げて手招きしている。これで福を招くという縁起物である。

「よく、おわかりですね」

女将が言った。

「え？　違ってるか？」

藤村がそう言うと、仁左衛門も気づかなかったらしく、首を横に振った。

「夏木さん。もはや生きてる猫だけでなく、こんな猫の人形まで見分けられるよう

になったのかい」

「なんか、こうなると一つの境地だね」

　二人にからかわれ、

「どんな境地だ」

　と、夏木は苦笑した。

「あたしも、すぐ気づいたわけじゃないんですよ。数日前に、あれ？　あたしのもらったやつとは違うって」

「もらったんだ？」

「昔、飼ってた白猫が死んだあと、寂しくてまた飼いたいけど、死なれたりいなくなったりするのは嫌だから、人形でも飾ろうかという話をしてたら、お客さんがくれたんです」

「これって、甲州《こうしゅう》街道の下高井戸《しもたかいど》の宿場あたりにあるなんとかといった寺のやつじゃないのか？」

　夏木が訊いた。

「そうです。豪徳寺《ごうとくじ》ってお寺の縁起物なんです。よくご存じですね」

「まあな」

近ごろ、なぜか猫に関することが自然と耳に入り、知識が豊富になっている。ときどき、これは猫の祟《たた》りなのかと思って、苦笑したりもする。

「盗まれたんじゃなく、取り替えられたのか？」

「そうみたいです」

見張っているわけではないだろうから、そっと取り替えようと思えば、できなくはないだろう。だが、なぜ、そんなことをする必要があったのか。

「前のは、背中に穴が開いていて、小銭を貯めてたなんてことはないよな」

「いいえ。そんなことしてません。ただの飾り」

「ふうむ」

夏木は首をかしげる。

「違うって、どこが違うんだい？」

藤村が訊いた。

「うむ。微妙に顔の表情がな」

「こんな顔に表情なんかあるのかい？」

「そりゃあ、一つひとつ手作りしてるんだから、かたちも違えば、筆を入れるときの加減だって違うさ。前のやつは、なんというか、もっと仔猫《こねこ》っぽかったよな」

夏木がそう言うと、

「そうなんですよ。可愛かったんです」

女将は残念そうにうなずいた。

「夏木さまに頼めばいい。探してもらえるかもしれないよ」

と、仁左衛門がけしかけ、

「そうそう。なんせ、猫探しの名人だからな」

藤村も後押しした。

「馬鹿言うな。生きてる猫はうろうろするが、招福猫なんか家のなかにしまわれたら探しようもないだろうが」

「そこを探すのが夏木さんなんだよな」

「おいらもそう思う」

三人の話に女将は目を輝かせ、

「まあ。探し賃はお高いんですか？」

「なあに、目刺しの一皿もいただければ充分だ。猫の手より安いよ」

「だったら、ぜひ」

かくして、夏木は猫探しならぬ、招福猫探しとあいなった。

二

まずは招福猫をくれたやつの話を聞きたい。

それは、熊井町に住む網元の庄次郎《しょうじろう》だということだった。

庄次郎なら、話したことはないが、顔は知っている。ときどき自分のところの舟が、土左衛門《どざえもん》を引き上げたと、熊井町の番屋に報《しら》せに来たりする。

翌日、夏木が庄次郎を訪ねると、

「旦那《だんな》は、おたねさんのなんなので？」

急に怖い顔になった。

「おいおい、わしはただの客だよ。おたねさんという名前もいま、わかったくらいだ」

「そうなので。あっしはてっきり、おたねさんのこれかと」

と、庄次郎は親指を立てた。

「なに言ってんだ。あの人は旦那がいるだろうよ」

「その旦那を見たこと、あります？」

「見たことはないが」

「いないみたいですぜ」

庄次郎は秘密を打ち明けるみたいに言った。

「そうなのか」

「どうも五年前くらいに亡くなったらしいんです。それからすぐあの店を出して、亭主がいるってことでやってるけど、じつは亭主なんかいねえ」

「ほう」

「それ、知ったら、口説いてみようかって？」

「安心しろ。わしにそんな気はないよ。それより、あんたがあげた招福猫だが、別なものになっていたことは気づいたかい？」

「そうなんで？」

「なんだ、気づかなかったのか」

「おたねさんはなにも言ってませんでしたぜ。なんで言わなかったんだろう」

庄次郎は不満そうに言った。

「そりゃあ、くれた人への気づかいだろうが」

「そうだと嬉《うれ》しいんですがね」

「あれは、わざわざ買って来たのか？」

「いえね、大山《おおやま》参りに行ったとき、高井戸あたりで見かけて、そういえばおたねさん、白猫の人形を欲しがってたと思い出し、まあわざわざといえばわざわざですが、あっしだけ、豪徳寺に立ち寄って買って来たんです」

「あれを選んで？」

「選ぶもなにも、皆、同じやつですよ」

この男には同じように見えるのだ。

「ところで、旦那は、おたねさん、いくつだと思います？」

「二十七、八ってとこじゃないのか？」

「そう見えますよね。もっといってるみたいなんですよ」

「歳を偽ってるのか？」

「いや、訊《き》いてもとぼけるだけだから、偽ってるわけじゃないですがね」

「ふうむ」

歳のことと、招福猫が替えられたことは、つながりがあるのだろうか。

三

招福猫の出どころである豪徳寺に行ってみたいが、往復するとなれば、二日がかりになるだろう。そこまでの暇はない。同じ猫の人形を持っているやつはいないものか。

骨董《こっとう》などに詳しい三男の洋蔵に訊いてみると、

「猫の人形を集めている人はいますよ」

「いるか？」

「人形町《にんぎょうちょう》の三光稲荷《さんこういなり》のそばに住む女の人で、以前は室町《むろまち》あたりの大店の旦那のお妾《めかけ》をしていたんですが、旦那と飼い猫を一度に亡くすと、手切れ金で猫の人形を集め出したそうなんです」

「ふうむ。旦那より猫の面影が恋しいわけか」

それもわかるような気がする。

夏木は、その女を訪ねた。

三光稲荷というのは、もともとここにお参りすると、いなくなった猫が出てくるというご利益で知られる。それもあって、この近くに住んだのだろう。近所で訊くと、住まいもすぐにわかった。

「招福猫のことが知りたい？　ええ、あたしでわかることなら」

歳は四十くらいか。つんと澄ました感じの美人だが、猫の話となると笑みを見せた。

「あなたもお持ちかな？」

「もちろんですよ」

玄関口から見える四畳半も、棚にはずらりと猫の人形が並んでいる。ここまで並ぶと、気味が悪いくらいである。しかも、これだけではなく、襖《ふすま》の向こうの奥の部屋にもあるらしい。

「見せていただけぬか？」

「京のほうのものですか？」

「京にもあるのか？」

「これがそうですよ」

と、わきの棚から手に取ったのは、真っ黒い招福猫だった。

「いや、これではなく、豪徳寺のやつ」

「ああ、はい」

と、奥の部屋から、例の白い招福猫を持って来た。顔は、いま、おたねの店にあるやつとそっくりである。仔猫《こねこ》には見えない。大人の猫の顔をしている。

「これは、どれもこういう顔をしているのかな？」

「ええ、豪徳寺のは、だいたいこういう顔ですよ。土産物屋のお婆さんが、適当に描いているのですが、とくに工夫するでもないから、皆、こんな顔をしています」

「そうか。じつは、招福猫が無くなって、それはもっと仔猫みたいな顔をしていたのだがな」

夏木がそう言うと、女の顔が変わった。

「仔猫の招福猫！」

「あ、ああ」

「それ、あたしも欲しい」

必死の顔つきで、夏木に迫ってくる。

「いやいや、わしも頼まれて探しているだけでな」

思わず後ずさった。

女の後ろで、猫の人形たちが、みゃあみゃあ鳴き出したような気がした。

どうにも手がかりが摑《つか》めない。やはり、仔猫っぽい可愛らしさに惹《ひ》かれ、客の誰かが取り替えたのではないかと、さりげなく客を観察することにした。

四

通い始めて三日目の夜。

夏木より先にここに来ていた男が勘定を済まして帰ろうとすると、

「それじゃあ、番頭さん」

と、おたねが言った。

「番頭さん？」

「あ、昔の知り合いなんですよ」

女将《おかみ》の表情に微妙なものがあった。

夏木は気になってあとをつけることにした。

男は、日本橋室町の薬種問屋〈南州屋《なんしゅうや》〉の、すでに閉めてあった潜り戸を叩《たた》いて、なかに消えた。

この晩はそこまでにして、次の日の朝、もう一度、店を見に行った。

ちょうど、出かけるらしい十五、六の若い娘を送り出すところで、

「お嬢さん。お気をつけて」

と、声をかけていた。

夏木はすっとそばに寄り、

「ちと、話があるんだがな」

「なんでしょう？」

「おたねさんの店にある猫の人形のことだよ」

「あ」

この顔でぴんと来た。

「替えたのはあんただろ？」

「おたねさん、気がつきましたか」

「それで、探してくれと頼まれたのさ」

「そうですか」

「わけがありそうだ。無理に取り返したりはしないぞ」

「そうですか。じつは、さっきのお嬢さんは、おたねさんの娘でしてね」

「え」

「おたねさん、若く見えますからね。でも四十五になっています。亡くなった旦那《だんな》は、飲み屋をしていたおたねさんを見初め、両親の反対を押し切って嫁にしたんです。でも、旦那が病で亡くなると、両親や親戚《しんせき》がおたねさんを追い出すようにしましてね」

「なるほど」

「お嬢さんも、会うのを禁じられてるんですが、一度だけ、店にお連れしたんです。そのとき、あの人形が気に入ったみたいで、なんでもおっかさんに甘えていた子どものころに返った気がするって」

「ははあ」

仔猫らしい表情が、そんな思い出を呼び覚ますのだろう。

「それで、あたしが豪徳寺の招福猫を買って来させて、それをあげたんですが、これは違うと」

「違うんだよ。顔が微妙にな」

気づく者と気づかない者がいる。

「それで、客の少ないときに行き、そっと替えて来たわけです」

「おたねさんに言えば、喜んで替えてくれただろうが」

「それを言ったら、おたねさんだってつらいでしょう」

「ああ、そうだな」

おたねは泣く泣く店を出たのである。可愛い娘の心情を聞けば、つらさは増すばかりだろう。そっと取り替えたのは、番頭の思いやりである。

これで、事情はわかった。ただ、どう解決すべきかが難しい。

夏木はしばし考えて言った。

「こういうことはできないかな」


「もう、いいですよ、夏木さま」

と、おたねは言った。

「招福猫のこと？　探さなくていいのか？」

「ええ。もっと可愛い人形が手に入りましたから」

おたねが指差したのは、牛の人形である。谷中《やなか》にある寺の縁起物らしい。

「可愛いか、これが？」

藤村は妙な顔で言った。今日は三人で来ている。

「可愛いですよ。それに、あたし、丑《うし》歳生まれですからね」

夏木は知っている。これは、おたねの娘がくれたのだ。くれるように、夏木が番頭に頼んだのである。

それを知らないと、格別可愛くは見えない。もっさりした感じの、肥《ふと》り過ぎた牛にしか見えず、藤村の感想が妥当なところなのだ。

「これがあれば、わざわざあの招福猫を取りもどさなくてもいいかなって」

女将は晴れ晴れとした顔で言った。

「そうか。諦《あきら》めてもらうと、わしもありがたい。生きているならともかく、人形となると雲をつかむような話でな」

「夏木さままでもやっぱり人形の猫は……」

仁左衛門がからかうように言うと、

「ああ、無理だな」

夏木は微笑んで言った。

本書は、二〇〇七年四月、二見時代小説文庫から刊行されました。
「夏木権之助の猫日記（三）　招福猫探し」は書き下ろしです。

起《き》死《し》の矢《や》

大江戸定年組《おおえどていねんぐみ》

風野真知雄《かぜのまちお》

令和４年　１月25日　初版発行

発行者●堀内大示

発行●株式会社KADOKAWA
〒102-8177　東京都千代田区富士見2-13-3
電話　0570-002-301（ナビダイヤル）

角川文庫 23014

印刷所●株式会社暁印刷
製本所●本間製本株式会社

表紙画●和田三造

●お問い合わせ
https://www.kadokawa.co.jp/（「お問い合わせ」へお進みください）
※内容によっては、お答えできない場合があります。
※サポートは日本国内のみとさせていただきます。
※Japanese text only

ISBN 978-4-04-111536-7　C0193

◇◇◇

角川文庫発刊に際して

角川源義

　第二次世界大戦の敗北は、軍事力の敗北であった以上に、私たちの若い文化力の敗退であった。私たちの文化が戦争に対して如何に無力であり、単なるあだ花に過ぎなかったかを、私たちは身を以て体験し痛感した。西洋近代文化の摂取にとって、明治以後八十年の歳月は決して短かすぎたとは言えない。にもかかわらず、近代文化の伝統を確立し、自由な批判と柔軟な良識に富む文化層として自らを形成することに私たちは失敗して来た。そしてこれは、各層への文化の普及滲透を任務とする出版人の責任でもあった。

　一九四五年以来、私たちは再び振出しに戻り、第一歩から踏み出すことを余儀なくされた。これは大きな不幸ではあるが、反面、これまでの混沌・未熟・歪曲の中にあった我が国の文化に秩序と確たる基礎を齎らすためには絶好の機会でもある。角川書店は、このような祖国の文化的危機にあたり、微力をも顧みず再建の礎石たるべき抱負と決意とをもって出発したが、ここに創立以来の念願を果すべく角川文庫を発刊する。これまで刊行されたあらゆる全集叢書文庫類の長所と短所とを検討し、古今東西の不朽の典籍を、良心的編集のもとに、廉価に、そして書架にふさわしい美本として、多くのひとびとに提供しようとする。しかし私たちは徒らに百科全書的な知識のジレッタントを作ることを目的とせず、あくまで祖国の文化に秩序と再建への道を示し、この文庫を角川書店の栄ある事業として、今後永久に継続発展せしめ、学芸と教養との殿堂として大成せんことを期したい。多くの読書子の愛情ある忠言と支持とによって、この希望と抱負とを完遂せしめられんことを願う。

一九四九年五月三日